Histórias de crime e mistério

Histórias de crime e mistério

Edgar Allan Poe

Tradução:
GERALDO GALVÃO FERRAZ
Ilustrações:
LUIZ GÊ

editora ática

Histórias de crime e mistério

Editor	Fernando Paixão
Editor assistente	Otacílio Nunes
Preparador	Rubens Ruschi
Coordenadora de revisão	Ivany Picasso Batista
Revisora	Camila Zanon

ARTE

Editor	Marcello Araujo
Editoração eletrônica	EXATA Editoração Eletrônica

CIP-BRASIL. CATALOGAÇÃO NA FONTE
SINDICATO NACIONAL DOS EDITORES DE LIVROS, RJ

P798h
2.ed.

Poe, Edgar Allan, 1809-1849
Histórias de crime e mistério / Edgar Allan Poe ; tradução de Geraldo Galvão Ferraz ; Luiz Gê. - 2.ed. - São Paulo : Ática, 2000.
168p. : il. - (Eu Leio)

Inclui apêndice
ISBN 978-85-08-06767-1

1. Conto americano. I. Ferraz, Geraldo Galvão. II. Gê, Luiz. III. Título. IV. Série.

10-0517. CDD: 813
CDU: 821.111 (73)-3

ISBN 978 85 08 06767-1 (aluno)
CL: 731322
CAE: 231755

2022
2ª edição
19ª impressão
Impressão e acabamento: Forma Certa

Avenida das Nações Unidas, 7221– Pinheiros – São Paulo – SP – CEP 05425-902
Atendimento ao cliente: (0xx11) 4003-3061
atendimento@aticascipione.com.br – www.aticascipione.com.br

Sumário

Crime e mistério pela mão dum mestre

Geraldo Galvão Ferraz

Mistério e suspense parecem palavras que nasceram com a obra de Edgar Allan Poe, especialmente os contos reunidos neste volume. Nenhum escritor antes dele e poucos depois conseguiram traduzir a angústia do inesperado e o desespero do homem entregue às forças que ele não domina.

Mas neste livro você acompanhará, com os três primeiros contos, "Os crimes da rua Morgue", "O mistério de Marie Rogêt" e "A carta roubada", o nascimento da literatura policial moderna, com um detetive, o cavalheiro C. Auguste Dupin, usando seus poderes de dedução para enfrentar os enigmas sinistros de crimes aparentemente insolúveis. Dupin é o segundo, mas mais ilustre, herói de policiais da história do crime literário — o primeiro é Vidocq, cujas memórias o precedem em treze anos (1828).

Nos contos já está boa parte do que aparecerá nas histórias policiais posteriores, como a mescla de observação e de dedução do herói, a burrice do policial convencional, o humor que alivia o caráter sangrento do tema tratado, a multiplicação das pistas falsas que enganam o leitor etc. O detetive mais famoso de todos, Sherlock Holmes, de Conan Doyle, usa muito dessas três histórias de Poe, a começar pelo apartamento onde moram dois reclusos do mundo, um deles contando as façanhas do outro; Dupin, o gênio, é excêntrico como Sherlock (ou vice-versa).

"Os crimes da rua Morgue" saiu em abril de 1841 na Graham's Magazine. *Poe leu um artigo sobre um macaco ladrão, juntou com uma pitadinha do* Zadig, *de Voltaire, e o fato de ter um amigo chamado C. Auguste Dubouchet, para fazer a narrativa, que ele próprio considerava uma de suas melhores obras.*

"O mistério de Marie Rogêt", de novembro de 1842, teve como base o caso real da morte de Mary Cecilia Rogers, em Nova York, que acabou sendo esclarecido como morte em consequência de um aborto malsucedido.

"A carta roubada" é de 1845. Considerada a mais fluente das histórias com Dupin, atraiu muita atenção dos críticos e houve até quem se aventurasse a sugerir que o ministro D..., o vilão da história, seria o duplo maligno de Dupin, ou até mesmo que Dupin seria filho do ministro.

Edgar Allan Poe foi inigualável também em reproduzir o horror da loucura em suas histórias. Três das melhores no gênero estão neste volume. São contos de muita atmosfera e tensão, em que se juntam o crime, a pressão inescapável da culpa, a obsessão por alguns detalhes físicos.

"O coração denunciador" é de 1843 e um clássico da monomania. O criminoso tem uma fixação nos olhos de sua vítima e é magistral como Poe mostra sua passagem da confiança em seu crime perfeito ao delírio furioso do final.

"Berenice", de 1835, foi considerado, pelo próprio autor, uma história que tratava de um tema horrível demais. Aqui a obsessão está nos dentes, que são o foco de uma cena que, mesmo sem detalhes explícitos (ou por isso mesmo), tem um poder de horrorizar o leitor a cada leitura. Curiosamente, onze anos depois da publicação do conto Poe perdeu sua mulher, Virginia, que era sua prima e com quem se casou quando ela tinha treze anos. Virginia poderia ser o modelo para o retrato que Poe traça de Berenice.

"O gato negro" é de 1843. Mais uma vez, a opressão da culpa surge como em "O coração denunciador" e se repete a obsessão pelo olho, aqui o olho que falta na órbita do gato Pluto e seu duplo (ou reencarnação).

OS CRIMES DA RUA MORGUE

Que canção cantavam as sereias,
ou que nome Aquiles usou, quando se
escondeu entre as mulheres, embora
sejam perguntas complicadas, não estão além do
que se pode conjeturar.
Sir Thomas Browne, *Urn-Burial*

As faculdades mentais chamadas de analíticas são, em si, pouco suscetíveis de análise. Nós só as apreciamos em seus efeitos. Delas sabemos, entre outras coisas, que sempre são, para quem as possui, em grau insólito, uma fonte do mais amplo prazer. Assim como o homem forte exulta com sua capacidade física, adorando os exercícios que chamam seus músculos à ação, o analista se deleita com a atividade moral que desembaraça. Ele tira prazer até das situações mais banais que ponham seu talento em jogo. Ele gosta de enigmas, charadas, hieroglifos. Exibe, nas soluções de cada um, um grau de acuidade que parece sobrenatural para o entendimento convencional. Seus resultados, atingidos só pela alma e pela essência do método, têm, na verdade, toda a aparência de intuição.

O dom da *resolução* é muito estimulado pelo estudo da matemática e especialmente pelo seu mais alto patamar que, de modo injusto e apenas por causa de suas operações retrógradas, tem sido chamado *análise*. Porém, cálculo em si não é análise. Um jogador de xadrez, por exemplo, faz um sem recorrer à outra. Assim, o jogo de xadrez é muito incompreendido nos seus efeitos sobre o caráter mental. Não estou escrevendo um tratado, mas simplesmente prefaciando uma narrativa algo peculiar, com observações colhidas um tanto ao acaso. Portanto, aproveitarei para afirmar que os mais altos poderes da inteligência reflexiva são postos à prova mais decidida e utilmente no despretensioso jogo de damas do que em toda a elaborada frivolidade do xadrez. Neste último, em que as peças têm movimentos diferentes e *bizarros,* com vários e variáveis valores, o que é apenas complexo é tomado (um erro não incomum) pelo que é profundo. A *atenção* aqui é posta profundamente em jogo. Se ela se distrai um instante, comete-se um erro, que leva à perda ou à derrota. Como os movimentos possíveis são múltiplos e intricados, as possibilidades desses enganos se multiplicam. Em nove casos entre dez, é o jogador mais concentrado que ganha, em vez do mais hábil. Ao contrário, no jogo de damas, em que os movimentos são *únicos* e variam pouco, as probabilidades de engano diminuem e, como a simples atenção fica comparavelmente inerte, todas as vantagens conseguidas pelos jogadores acontecem graças à *acuidade* superior. Para ser menos abstrato: vamos imaginar um jogo de damas em que as peças sejam reduzidas a quatro damas e no qual, claro, não se espera engano algum. É evidente que a vitória pode ser decidida — estando os dois jogadores em iguais condições — só por algum movimento muito hábil, resultado de intenso esforço intelectual. Sem os recursos habituais, o analista coloca-se no lugar de seu adversário, identifica-se com ele e muitas vezes descobre, de cara, o único método (às vezes, absurdamente simples) para levá-lo ao erro ou lançá-lo a um cálculo errado.

O jogo de uíste tem sido notado, há muito tempo, por sua influência no que é chamado de "poder de calcular". Homens do mais alto valor intelectual dele extraem um prazer aparentemente incrível, enquanto desprezam a frivolidade do jogo de xadrez. Sem dúvida, não há nada de natureza semelhante que exercite tanto a faculdade de análise. O melhor jogador de xadrez da cristandade não é nada além de ser o melhor enxadrista; mas a eficácia no uíste significa capacidade de êxito em todas as especulações de importância bem superior, nas quais o espírito luta com o espírito. Ao dizer eficácia, quero aludir à perfeição no jogo que inclui o conhecimento de todas as fontes das quais se pode extrair um proveito legítimo. Elas são numerosas e complexas, e residem frequentemente em recessos do pensamento, totalmente inacessíveis a uma pessoa comum. Observar atentamente é relembrar com clareza. Assim sendo, o jogador de xadrez, bom de concentração, se sairá muito bem no uíste, já que as regras de Hoyle (elas mesmas baseadas na simples mecânica do jogo) são direta e geralmente compreensíveis. Portanto, ter uma memória retentiva e jogar de acordo com as regras são itens geralmente considerados como as exigências totais para se jogar bem. Mas é em questões acima dos limites da simples regra que a habilidade do analista se revela. Ele faz, em silêncio, uma porção de observações e inferências. Da mesma forma, talvez, ajam seus companheiros, e a diferença na extensão da informação reside nem tanto na validade da inferência quanto na qualidade da observação. O conhecimento necessário é o de *que* observar. Nosso jogador não se confina ao seu jogo; já que o jogo é o objetivo, também não rejeita as deduções de coisas exteriores ao jogo. Ele examina o rosto do seu parceiro, comparando-o cuidadosamente com os de cada um dos seus adversários. Ele considera a maneira de arrumar as cartas em cada mão; muitas vezes, conta os trunfos e as figuras que cada um tem, pelos olhares lançados por seus possuidores. Ele percebe cada mudança de expressão no correr do jogo, reunindo um banco de ideias a partir das diferenças na expressão de certeza, de surpresa, de triunfo ou de tristeza. Pela maneira de lançar uma cartada, ele julga se a pessoa conseguirá repetir mais uma vez. Ele reconhece o que é blefe pelo jeito com que a carta é jogada na mesa. Uma palavra casual ou inadvertida, o fato de se deixar cair ou virar acidentalmente as cartas, com a ansiedade que vem junto ou a negligência quanto à sua ocultação; a contagem das cartas pela ordem de sua disposição; o embaraço, a hesitação, a angústia ou o tremor — tudo junto, para sua percepção aparentemente intuitiva, indica o verdadeiro estado de coisas. Após as primeiras duas ou três jogadas, ele tem a posse completa de cada mão, e assim lança suas cartas com uma precisão tão absoluta que parece que o resto dos jogadores lhe mostrou todas as suas cartadas.

O poder analítico não deve ser confundido com a simples engenhosidade, pois, embora o analista seja necessariamente dotado de engenho, o homem com esse dom é frequentemente dono de uma notável incapacidade de análise. A capacidade de construir ou combinar por meio da qual geralmente se manifesta a engenhosidade e à qual os frenólogos (erroneamente, na minha opinião) atribuem um órgão próprio, supondo que seja uma faculdade primordial, tem sido tão frequentemente vista naqueles cujo intelecto, de outra forma, é limítrofe à idiotia, que atraiu a atenção dos que se ocupam da moral. Entre a engenhosidade e a capacidade analítica existe uma diferença muito maior, realmente, do que aquela entre a fantasia e a imaginação, mas de um caráter estritamente análogo. Na verdade, percebe-se que o engenhoso é sempre fantasioso e os *verdadeiramente* imaginativos, nada além de analíticos.

A narrativa que se segue aparecerá ao leitor um tanto sob a luz de um comentário das afirmações que adiantei.

Morando em Paris durante a primavera e parte do verão de 18.., fiquei amigo de um certo Monsieur C. Auguste Dupin. Este jovem cavalheiro é de uma excelente — eu diria até ilustre — família, mas, por uma série de acontecimentos desastrosos, ela se reduziu a uma tal pobreza que a energia do seu caráter sucumbiu sob ela e ele próprio parou de frequentar o mundo e de tentar recuperar sua fortuna. Por cortesia dos seus credores, ainda continuava dono de um pequeno resíduo de seu patrimônio. Com a renda que vinha disso, ele conseguia, por meio de uma economia rigorosa, satisfazer as necessidades da vida, sem se preocupar com coisas supérfluas. Os livros, porém, eram seu único luxo, e em Paris eles são facilmente comprados.

Nosso primeiro encontro foi numa livraria obscura da rua Montmartre, onde o acaso de estarmos ambos procurando o mesmo volume, muito raro e notável, fez com que nos relacionássemos. Visitamo-nos várias vezes. Interessei-me profundamente pela pequena história de família que ele me contou com toda a simplicidade característica do francês quando fala de si mesmo. Surpreendi-me também com o vasto alcance das suas leituras e, acima de tudo, senti minha alma empolgada pelo fervor interno e pelo vívido frescor de sua imaginação. Procurando em Paris alguns objetos que então buscava, senti que o convívio com um homem assim seria um tesouro incalculável. E expressei sinceramente essa opinião. Tempos depois, combinamos que iríamos morar juntos durante minha permanência na cidade e, como minha situação era um tanto menos complicada que a dele, foi-me permitido arcar com as despesas do aluguel e pude mobiliar, com um estilo que se adequava à melancolia algo fantástica de nosso temperamento comum, uma mansão roída pelo tempo e estranha, deserta havia muito tempo devido a superstições que não aprofundei, situada na parte retirada e desolada do Faubourg St. Germain, onde ameaçava desabar.

Se alguém conhecesse a rotina de nossa vida nesse lugar, iria achar que éramos malucos, embora, talvez, malucos de natureza mansa. Nossa reclusão era perfeita. Não recebíamos visitas. É certo que a localização do nosso refúgio foi cuidadosamente mantida em segredo dos meus antigos amigos. E havia muito que Dupin deixara de conhecer gente ou de ser conhecido em Paris. Só existíamos na nossa solidão.

Meu amigo (de que outro jeito poderei chamá-lo?) tinha a esquisitice de gostar da Noite em si. Segui essa *esquisitice* de caráter, bem como todas as outras que tinha. Entreguei-me às suas extravagantes fantasias com perfeito abandono. A negra divindade não poderia estar sempre conosco, mas podíamos fingir sua presença. À primeira luz da manhã, fechávamos as janelas pesadas da nossa velha casa, acendíamos um par de velas que, fortemente perfumadas, irradiavam apenas raios débeis e pálidos. Com elas, mergulhávamos nossas almas em sonhos — lendo, escrevendo ou conversando, até sermos avisados pelo relógio da chegada das verdadeiras trevas. Daí saíamos pelas ruas, de braço dado, continuando a conversa do dia ou perambulando por toda parte até uma hora tardia, buscando, entre as vivas luzes e sombras da cidade populosa, aquela infinidade de excitação mental que a observação tranquila pode proporcionar.

Nessas ocasiões eu não podia deixar de notar e admirar (embora sua rica identidade me tivesse preparado para esperar isso) essa capacidade analítica peculiar em Dupin. Ele também parecia extrair um prazer intenso em exercitá-la — se não exatamente em exibi-la — e não hesitava em confessar a satisfação que tirava disso. Vangloriava-se, com uma risadinha baixa, de que a maior parte dos homens, para ele, tinha janelas no coração, e geralmente acompanhava essas afirmativas com provas diretas e muito contundentes de como conhecia intimamente minha pessoa. Sua conduta nesses momentos era frígida e abstrata, os olhos tinham uma expressão vaga, enquanto sua voz, geralmente um rico tenor, subia para um agudo que soava petulante, não fosse a deliberação e a intensa segurança de enunciação. Observando-o nesse estado, frequentemente me punha a meditar na antiga filosofia da Alma Divina e me divertia com a ideia de um Dupin duplo — o criador e o analista.

Que não se pense, pelo que acabo de dizer, que estou revelando qualquer mistério ou escrevendo algum romance. O que descrevi no francês era simplesmente o resultado de uma inteligência excitada, talvez doentia. Mas poderei dar uma ideia mais exata com um exemplo do que dizia nesses instantes.

Passeávamos, certa noite, por uma rua muito comprida e suja, nas vizinhanças do Palais Royal. Como estávamos aparentemente ocupados com a meditação, nenhum dissera nada por pelo menos uns quinze minutos. De repente, Dupin disse estas palavras:

— Ele é um sujeito bem pequeno, de verdade, e estaria melhor no Teatro de Variedades.

— Não há dúvida disso — respondi casualmente, sem prestar atenção (pois estava muito concentrado nos pensamentos) à maneira extraordinária com que as palavras do meu companheiro coincidiam com o objeto de minhas reflexões. Um instante depois eu percebi e meu espanto foi enorme.

— Dupin — disse eu gravemente —, isto vai além de minha compreensão. Não hesito em dizer que estou espantado e mal posso acreditar nos meus sentidos. Como é possível você saber que eu estava pensando em...? — Fiz uma pausa para me certificar realmente se ele sabia mesmo em que eu pensava.

— Em Chantilly — disse ele. — Por que parou? Você estava afirmando para si mesmo que a figura pequena dele não o capacitava a representar tragédias.

Era precisamente o que eu estava pensando. Chantilly era um antigo sapateiro da rua St. Denis que, ao se fascinar pelo teatro, tentara fazer o papel de Xerxes na tragédia homônima de Crébillon, recebendo críticas devastadoras.

— Diga-me, pelo amor de Deus — pedi —, o método — se há um método — que você usou para perscrutar minha alma nessa questão.

Na verdade, eu estava mais espantado do que desejaria expressar.

— Foi o vendedor de frutas — respondeu meu amigo — que levou você à conclusão de que o remendão não tinha altura suficiente para Xerxes *et id genus omne.*

— O vendedor de frutas? Você me surpreende! Eu não conheço nenhum vendedor de frutas.

— O homem que lhe deu um esbarrão quando entramos nesta rua, há uns quinze minutos.

Então me lembrei de que, realmente, um vendedor de frutas, com uma grande cesta de maçãs na cabeça, quase me derrubara, por acaso, quando vínhamos da rua C... para a rua mais larga em que nos encontrávamos, mas não consegui entender o que isso tinha a ver com Chantilly.

Não havia uma partícula de charlatanice em Dupin.

— Vou explicar — disse — e, para que você entenda bem claramente, vamos primeiro retroceder no rumo de suas meditações, desde o momento em que falei com você até o encontro com o vendedor de frutas em questão. Os elos maiores da corrente são estes: Chantilly, Órion, o dr. Nichol, Epicuro, a estereotomia, as pedras da rua, o vendedor de frutas.

Há poucas pessoas que, em algum momento da vida, não se divertiram refazendo as etapas pelas quais suas mentes chegaram a conclusões específicas. Essa atividade é frequentemente cheia de interesse; quem a tenta pela primeira vez surpreende-se com a distância aparentemente ilimitada e com a incoerência entre a linha de partida e o objetivo. Qual, então, não foi minha surpresa quando ouvi o francês falar daquilo que acabara de dizer e quando não pude deixar de reconhecer que ele falara a verdade. Ele continuou:

— Havíamos falado de cavalos, se bem me lembro, pouco antes de deixar a rua C... Este foi o último assunto de que tratamos. Ao atravessarmos para esta rua, um vendedor de frutas, com uma grande cesta na cabeça, veio rapidamente na nossa direção, empurrou você para uma pilha de paralelepípedos reunidos em certo ponto, onde o calçamento está sendo refeito. Você pisou num dos pedaços de pedra espalhados, escorregou, torceu levemente o tornozelo, pareceu aborrecido ou irritado, resmungou umas palavras, virou-se para olhar a pilha, e daí continuou em silêncio. Eu não estava especialmente atento ao que você fez, mas a observação se tornou, com o tempo, uma espécie de necessidade para mim. Você manteve os olhos no chão, olhando, com uma expressão contrariada, os buracos e desníveis do calçamento (por isso vi que você ainda pensava nas pedras) até chegarmos ao pequeno beco chamado Lamartine, que foi calçado, a título de experiência, com tacos de madeira fixados e ajustados. Aí, sua expressão se iluminou e, percebendo que seus lábios se moviam, notei que você murmurava a palavra "estereotomia", um termo por demais pedante, que se aplica a esse tipo de calçamento. Sabia que você não podia dizer consigo mesmo a palavra "estereotomia" sem pensar logo em átomos e, portanto, nas teorias de Epicuro. Como, quando discutimos há pouco este tema, eu lhe dissera, embora fosse pouco notado, que as vagas conjeturas do nobre grego tinham tido uma confirmação tão singular com a cosmogonia nebular recente, vi que você não evitou olhar para a grande nebulosa de Órion, o que eu esperava que você não deixasse de fazer. Você olhou depois para cima e eu tinha então a certeza de ter acompanhado estritamente o rumo de suas ideias. Na crítica ferina que apareceu a respeito de Chantilly, ontem, no *Museu*, o satirista, fazendo algumas alusões maldosas à mudança do nome do sapateiro ao calçar coturnos, citou um verso latino sobre o qual temos conversado repetidas vezes. Refiro-me ao verso: *Perdidit antiquam litera prima sonum.* Eu lhe falara dele, que se referia a Órion, antigamente escrito Urion, e, por causa de certa mordacidade ligada a esta explicação, tive a certeza de que você não a teria esquecido. Portanto, era evidente que você não deixaria de combinar as duas ideias de Órion e de Chantilly. Vi que você realmente as associou, pela natureza do sorriso que passou pelos seus lábios. Você pensou na imolação do pobre sapateiro. Até então você andara meio curvado, mas naquele instante passou a andar ereto, bem de acordo com a sua altura. Percebi então que você estivera pensando na pequena altura de Chantilly. Aí interrompi suas meditações para notar que, na verdade, ele era um sujeito bem pequeno, o Chantilly, e que seria melhor ele estar no Teatro de Variedades.

Pouco tempo depois disso, estávamos olhando para uma edição vespertina da *Gazeta dos Tribunais*, quando os seguintes parágrafos prenderam nossa atenção:

CRIMES EXTRAORDINÁRIOS — Esta madrugada, por volta das três horas, os moradores do Quartier St. Roch foram tirados do sono por uma sucessão de gritos terríveis aparentemente provenientes do quarto andar de uma casa da rua Morgue, habitado por uma certa Madame L'Espanaye e sua filha, Mademoiselle Camille L'Espanaye. Depois de algum tempo, enquanto se tentou chegar ali, sem sucesso, pela maneira convencional, o portão foi arrombado com um pé de cabra e oito ou dez dos vizinhos entraram, acompanhados por dois gendarmes. Nesse ponto, os gritos haviam parado, mas, quando o grupo subiu correndo o primeiro lance de escadas, duas ou mais vozes ásperas, em discussão furiosa, foram ouvidas, parecendo vir da parte de cima da casa. Quando se chegou ao segundo patamar, também esses sons pararam e tudo ficou completamente quieto. O grupo se dividiu, examinando quarto por quarto. Ao chegarem a um quarto grande de fundos, no quarto andar (cuja porta, por estar trancada com a chave por dentro, foi arrombada), apresentou-se um espetáculo que atingiu cada um dos presentes com horror e espanto.

O aposento estava na mais completa desordem, a mobília quebrada e jogada por toda parte. Só havia uma armação de cama, e dela o estrado fora removido e jogado no meio do cômodo. Numa cadeira estava uma navalha, manchada de sangue. Na lareira, havia duas ou três tranças compridas de cabelo humano grisalho, também salpicadas de sangue, que aparentemente foram puxadas pela raiz. No chão foram achados quatro napoleões, um brinco de topázio, três grandes colheres de prata e três pequenas de métal d'Alger*, *e duas bolsas contendo quase quatro mil francos em ouro. As gavetas de uma cômoda, que ficava no canto, estavam abertas e aparentavam ter sido saqueadas, embora ainda houvesse muitos objetos nelas. Foi descoberto um pequeno cofre de ferro, embaixo do estrado, não da armação da cama. Estava aberto, com a chave ainda na fechadura, e, a*

* Métal d'Alger é uma liga metálica que era usada para substituir a prata.

não ser por algumas cartas antigas e outros papéis sem importância, estava vazio.

Não havia sinal de Madame L'Espanaye, mas, devido a uma grande quantidade de fuligem na lareira, foi feita uma investigação na chaminé e (coisa horrível de contar!) o cadáver da filha foi retirado, de cabeça para baixo. Ela fora enfiada ali, à força, pela abertura estreita, até uma altura considerável. O corpo ainda estava quente. Ao examiná-lo, foram notadas várias contusões, sem dúvida causadas pela violência com que fora enfiado na chaminé e depois retirado. O rosto mostrava vários arranhões profundos e na garganta havia manchas escuras e marcas profundas de unhas, como se a vítima tivesse sido estrangulada até a morte.

Depois de uma investigação completa de cada cômodo, em que não se descobriu nada, o grupo chegou a um pequeno pátio calçado na parte de trás da casa, onde jazia o cadáver da velha senhora, com a garganta cortada a tal ponto que, quando se tentou levantar o corpo, a cabeça caiu. O corpo, bem como a cabeça, estava horrivelmente mutilado — de tal forma que mal conservava a aparência humana.

Ao que parece, não se tem nenhuma pista deste horrível mistério.

O jornal do dia seguinte tinha estes outros detalhes:

A TRAGÉDIA DA RUA MORGUE — Muitas pessoas têm sido interrogadas com relação a este caso extraordinário e terrível, mas nada transpirou até agora para lançar alguma luz sobre ele. Publicamos abaixo o material fornecido pelas testemunhas:

Pauline Dubourg, *lavadeira, depôs que conhecia ambas as vítimas havia três anos, tendo trabalhado para elas durante esse período. A velha senhora e sua filha pareciam se dar bem — eram muito afeiçoadas uma à outra. Pagavam bem. Não se podia falar delas em termos de conduta ou meios de vida. Acreditava que Madame L'Espanaye lia a sorte como profissão. Tinham fama de ter dinheiro guardado. Nunca encontrara qualquer outra pessoa na casa quando pegava as roupas ou as levava de volta. Tinha certeza de que não possuíam empregada. Parecia não haver mobília alguma em qualquer parte do edifício, a não ser no quarto andar.*

Pierre Moreau, *vendedor de fumo, depôs que costumava vender pequenas quantidades de fumo e de rapé a Madame L'Espanaye, havia quase quatro anos. Nasceu na vizinhança e sempre morou ali. A vítima e sua filha moravam na casa onde seus cadáveres foram achados havia mais de seis anos. Antes o lugar era ocupado por um joalheiro, que sublocava os cômodos superiores a várias pessoas. A casa era propriedade de Madame L'Espanaye. Ela ficara insatisfeita com as ações do seu inquilino e daí mudou-se para lá, recusando-se a alugar qualquer parte. A velha senhora era caduca. A testemunha viu a filha umas cinco ou seis vezes durante esses seis anos. As duas viviam uma vida bastante retirada — tinham reputação de estar bem financeiramente. Ouvira os vizinhos dizer que Madame L'Espanaye lia a sorte — não acreditava nisso. Nunca vira qualquer pessoa passar pela porta, a não ser a velha senhora e sua filha, um vez ou outra um mensageiro, e um médico, umas oito ou dez vezes.*

Muitas outras pessoas, vizinhos, repetiram a mesma coisa. Ninguém falou que frequentava a casa. Não se sabia se havia parentes vivos de Madame L'Espanaye e de sua filha. As venezianas das janelas da frente raramente eram abertas. As dos fundos estavam sempre fechadas, com exceção da grande porta traseira no quarto andar. A casa era boa — não muito velha.

Isidore Muset, *gendarme, depôs que foi chamado até a casa, cerca das três horas da madrugada; lá encontrou umas vinte ou trinta pessoas no portão, tentando entrar. O portão foi arrombado em seguida, com uma baioneta, não com um pé de cabra. Não foi difícil abri-lo, por ter folha dupla e nenhum ferrolho, nem em cima, nem embaixo. Os gritos continuaram até o portão ser arrombado — e daí pararam subitamente. E pareciam ser os gritos de alguma pessoa (ou pessoas) em grande agonia — foram altos e longos, não curtos e rápidos. A testemunha subiu a escada. Ao chegar ao primeiro patamar, ouviu duas vozes discutindo em tom alto e zangado — uma delas rouca, a outra mais aguda — uma voz muito estranha. Pôde distinguir as palavras da primeira, que não era de um francês. Foi positivo que não se tratava de voz feminina. Pôde distinguir as palavras* sacré *e* diable. *A voz aguda era de um estrangeiro. Não pôde dar certeza se era voz de homem ou de mulher. Não pôde perceber o que se dizia, mas acredita que a língua era o espanhol. A situação do quarto e dos corpos foi descrita por esta testemunha como a descrevemos ontem.*

Henri Duval, *um vizinho, ourives de profissão, depôs que era um dos membros do grupo que entrou primeiro na casa. Corroborou, em geral, o testemunho de Muset. Assim que forçaram a entrada, fecharam outra vez a porta, para afastar os curiosos, que se amontoaram bem depressa, apesar da hora tardia. A voz aguda, para esta testemunha, era de um italiano. Tem certeza de que não era francês. Não tem certeza se era voz masculina. Poderia ser feminina. Não tem familiaridade com a língua italiana. Não pôde distinguir as palavras, mas está convencido de que quem falava era italiano. Conhecia Madame L'Espanaye e a filha. Conversava frequentemente com as duas. Tem certeza de que a voz aguda não era de nenhuma das vítimas.*

... Odenheimer, *dono de restaurante, depôs voluntariamente. Sem falar francês, a testemunha foi ouvida através de um intérprete. É natural de Amsterdã. Estava passando perto da casa na hora dos gritos. Eles duraram vários minutos — talvez uns dez. Foram compridos e altos — muito impressionantes e terríveis. Foi um dos que entraram na casa. Corroborou os dados anteriores em tudo, menos numa coisa. Tem certeza de que a voz aguda era masculina — de um francês. Não pôde distinguir as palavras pronunciadas. Foram altas e rápidas — desiguais, faladas aparentemente em tom de medo e de raiva. A voz era áspera — não tanto aguda quanto áspera. Não pode chamá-la de voz aguda. A voz rouca disse repetidamente* sacré, diable *e, uma vez,* mon Dieu.

Jules Mignaud, *banqueiro, da firma Mignaud e Filho, na rua Deloraine. É o Mignaud mais velho. Madame L'Espanaye tinha algumas propriedades. Abrira uma conta na sua casa bancária, na primavera do ano de... (há oito anos). Fez frequentes depósitos de pequenas quantias. Nunca retirou nada até três dias antes de sua morte, quando sacou pessoalmente a quantia de quatro mil francos. Esta soma foi paga em ouro e um funcionário levou-a à casa dela.*

Adolphe Le Bon, *funcionário de Mignaud e Filho, depôs que, no dia em questão, por volta do meio-dia, acompanhou Madame L'Espanaye até sua casa, com os quatro mil francos, colocados em duas bolsas. Quando a porta se abriu, Mademoiselle L'Espanaye apareceu e pegou uma das bolsas, enquanto a velha senhora pegou a outra. Ele, então, despediu-se e saiu. Não viu nenhuma pessoa na rua, naquela hora. É uma travessa muito isolada.*

William Bird, *alfaiate, depôs que era uma das pessoas do grupo que entrou na casa. É inglês. Mora em Paris há dois anos. Foi um dos primeiros a subir as escadas. Ouviu as vozes discutindo. A voz rouca era de um francês. Pôde perceber várias palavras, mas não se lembrou de todas. Ouviu distintamente* sacré *e* mon Dieu. *Para ele, houve um som naquele instante, como se fossem várias pessoas em luta — um som de briga e de coisas quebrando. A voz aguda era bem alta — mais alta que a rouca. Tem certeza de que não era a voz de um inglês. Parecia mais a de um alemão. Poderia ser de mulher. Não fala o alemão.*

Quatro das testemunhas, ao serem interrogadas, depuseram que a porta do quarto onde foi achado o corpo de Mademoiselle L. estava fechada por dentro, quando o grupo o atingiu. Tudo estava completamente silencioso, nada de gemidos ou outro barulho. Ao se forçar a porta, ninguém foi visto. As janelas, tanto do quarto de trás como do da frente, estavam fechadas e firmemente trancadas por dentro. Uma porta entre os dois quartos estava fechada, mas não trancada. A porta que levava do quarto da frente ao corredor estava trancada por dentro, com a chave na fechadura. Um quartinho na frente da casa, no quarto andar, no começo do corredor, estava aberto, com a porta escancarada. Este quarto estava cheio de camas velhas, caixas etc. Tudo isso foi cuidadosamente tirado e revistado. Não ficou um metro de qualquer parte da casa que não tivesse sido cuidadosamente investigado. As chaminés foram varridas de cima a baixo. A casa tinha quatro andares, com mansardas. Um alçapão no telhado da casa parecia estar pregado havia anos, bem firme. O tempo passado entre as vozes em discussão e o arrombamento da porta do quarto foi fixado de modo diverso pelas testemunhas. Algumas disseram que foi de três minutos — outras, de até cinco minutos. A porta foi aberta com dificuldade.

Alfonso Garcio, *agente funerário, depôs que mora na rua Morgue. Nasceu na Espanha. Participou do grupo que entrou na casa. Não subiu as escadas. Estava nervoso e apreensivo com as consequências da agitação. Ouviu as vozes discutindo. A voz rouca era de um francês. Não distinguiu o que foi dito. A voz aguda era de um inglês — tem certeza disso. Não entende a língua inglesa, mas julga pela entonação.*

Alberto Montani, *confeiteiro, depôs que foi um dos primeiros a subir as escadas. Ouviu as vozes em questão. A rouca era de um francês. Distinguiu várias palavras. Quem falava parecia estar repreendendo. Não entendeu as palavras da voz aguda. Falava rápida e irregularmente. Acha que a voz é de um russo. Confirmou o testemunho dos outros. É italiano. Nunca conversou com um nativo da Rússia.*

Várias testemunhas depuseram que as chaminés de todos os quartos eram estreitas demais para a passagem de um ser humano. Para sua limpeza, foram usadas "vassouras" cilíndricas como as empregadas pelos limpa-chaminés. Estas vassouras foram passadas de cima para baixo de cada cano da casa. Não havia nenhum beco atrás por onde alguém pudesse ter descido enquanto o grupo subia as escadas. O corpo de Mademoiselle L'Espanaye estava tão firmemente enfiado na chaminé que só pôde ser puxado para baixo quando quatro ou cinco homens do grupo uniram suas forças.

Paul Dumas, *médico, depôs que foi chamado para examinar os corpos ao amanhecer. Os dois estavam sobre o enxergão do estrado da cama do quarto onde Mademoiselle L. foi achada. O cadáver da moça estava muito arranhado e machucado. O fato de ter sido enfiado chaminé acima bastaria para justificar sua aparência. A garganta estava muito machucada. Havia muitos arranhões profundos, logo sob o queixo, juntamente com uma série de pontos lívidos que eram obviamente marcas de dedos. O rosto estava terrivelmente sem cor e com os olhos saltados. A língua havia sido cortada em parte. Uma grande contusão foi descoberta na boca do estômago, aparentemente causada por uma joelhada. Na opinião do sr. Dumas, Mademoiselle L'Espanaye fora estrangulada até a morte por uma ou mais pessoas. O cadáver da mãe estava horrivelmente mutilado. Todos os ossos da perna e do braço direitos estavam mais ou menos esmigalhados. A tíbia esquerda estava muito fraturada, bem como as costelas do lado esquerdo. Todo o corpo estava terrivelmente ferido e sem cor. Não era possível dizer como os ferimentos haviam sido feitos. Um porrete pesado de madeira, ou uma barra larga de ferro — de uma cadeira —, qualquer arma grande, pesada e rombuda poderia ter produzido tais resultados, se manipulada por um homem bem forte. Nenhuma mulher poderia ter desferido os golpes com qualquer arma. A cabeça da vítima, quando vista pelas testemunhas, estava completamente separada do corpo, e também muito esfacelada. A garganta fora evidentemente cortada com algum instrumento bem afiado — provavelmente uma tesoura.*

Alexandre Etienne, *cirurgião, foi chamado com o sr. Dumas para examinar os corpos. Confirmou o testemunho e as opiniões do sr. Dumas.*

Mais nada de importante foi elucidado, embora várias outras pessoas tenham sido interrogadas. Um crime tão misterioso e tão perturbador em seus detalhes nunca fora cometido antes em Paris, se realmente se tratasse de um crime. A polícia está completamente desorientada — um fato inédito em casos dessa natureza. Não há, claro, nem sombra de indícios aparentes.

A edição vespertina do jornal afirmava que ainda havia a maior agitação no Quartier St. Roch, que o local em questão fora cuidadosamente revistado outra vez e realizados novos interrogatórios das testemunhas, mas tudo em vão. Contudo, um pós-escrito mencionou que Adolphe Le Bon fora detido e levado à prisão — embora nada parecesse incriminá-lo, além dos fatos já relatados.

Dupin pareceu realmente interessado no desenrolar do caso — pelo menos foi o que deduzi do seu modo de ser, pois não fez comentários a respeito. Foi só depois do anúncio da prisão de Le Bon que ele perguntou o que eu achava dos crimes.

Eu apenas pude concordar com toda Paris, considerando-o um mistério insolúvel. Não via jeito de ser possível descobrir o assassino.

— Não devemos julgar os meios — disse Dupin — por esta estrutura de investigação. A polícia parisiense, tão apreciada por sua *sagacidade*, é apenas esperta, nada mais. Não há método em suas investigações, a não ser o do momento. Fazem uma grande ostentação de medidas, mas, com frequência, são tão inadequadas aos objetivos propostos, que me lembro de Monsieur Jourdain pedindo seu roupão para ouvir melhor a música*. Os resultados atingidos por eles são surpreendentes muitas vezes, mas, na maior parte, são

* Referência ao personagem principal de *O burguês fidalgo*, comédia de Molière.

conseguidos por meio de simples diligência e trabalho. Quando estas qualidades são inúteis, seu sistema falha. Por exemplo, Vidocq* era um perspicaz e perseverante. Mas, sem uma reflexão treinada, ele errou continuamente pela própria intensidade de suas investigações. Reduzia sua visão porque se aproximava muito do objeto. Ele podia ver, talvez, um ou dois pontos com clareza inédita, mas, ao fazer isso, perdia a visão do conjunto como um todo. Isso é o que acontece quando se é muito profundo. A verdade nem sempre está num poço. Realmente, quanto ao conhecimento mais importante, acredito que ela é invariavelmente superficial. O profundo jaz em vales onde a procuramos e não em cima das montanhas onde é encontrada. Os modos e fontes desta forma de erro são bem exemplificados com a contemplação dos corpos celestes. Procurar uma estrela com um olhar rápido, olhá-la de lado, voltando para ela as partes exteriores da retina (mais suscetíveis às impressões débeis da luz do que as interiores), é contemplar a estrela distintamente, é ter a melhor apreciação do seu brilho — um brilho que se reduz à medida que voltamos a visão *plenamente* para ela. Neste último caso, em verdade, um número maior de raios concentra-se sobre o olho, mas no primeiro há uma capacidade refinada de compreensão. Com a profundidade indevida, confundimos e enfraquecemos o pensamento e é possível fazer até Vênus desaparecer do firmamento graças a uma observação fixa demais, concentrada demais ou direta demais.

No caso destes crimes, vamos fazer algumas considerações antes de adotar alguma opinião a respeito. Uma investigação pode ser divertida (pensei que o termo, no contexto, soava um pouco esquisito, mas não disse nada) e, além disso, Le Bon certa vez me fez um favor pelo qual sou grato. Vamos até lá ver o local com nossos olhos. Conheço G..., o chefe de polícia, e não teremos dificuldade em conseguir a permissão necessária.

A permissão foi conseguida e fomos logo até a rua Morgue. É uma das travessas miseráveis que ligam a rua Richelieu à rua St. Roch.

---

* Eugène François Vidocq (1775-1857) foi primeiro criminoso, depois, em 1811, se tornou o primeiro chefe da polícia francesa, a Sûreté. Mais tarde, fundou a primeira agência de detetives. Suas façanhas, contadas em livro, fazem-no ser o primeiro detetive da literatura policial.

Chegamos lá no fim da tarde, já que é um bairro afastado de onde moramos. Foi fácil achar a casa, pois ainda havia muitas pessoas olhando para as janelas fechadas, com uma curiosidade inútil, do outro lado da rua. Era uma casa parisiense típica, com um portão; num lado dele, havia um local envidraçado, com uma janela de correr, indicando o lugar do zelador. Antes de entrar, andamos rua acima, viramos num beco, daí, virando outra vez, passamos pelos fundos do edifício. Dupin, enquanto isso, examinava toda a vizinhança, além da casa, com uma atenção concentrada, cujo objetivo me escapava.

Voltando sobre nossos passos, chegamos outra vez à casa, tocamos a campainha e, tendo mostrado nossas credenciais, fomos recebidos pelos policiais encarregados. Subimos as escadas até o local onde fora descoberto o corpo de Madame L'Espanaye e onde ainda jaziam as duas vítimas. A desordem no quarto continuava, como de costume em casos assim. Nada vi além do que fora publicado na *Gazeta dos Tribunais*. Dupin examinou cada coisa — inclusive os corpos das vítimas. Fomos então para os outros quartos e até para o pátio. Um gendarme nos acompanhou por toda parte. O exame foi até o escurecer, quando saímos. No caminho de casa, meu companheiro parou um instante na redação de um dos jornais diários.

Já disse que eram múltiplas as manias do meu amigo e que eu as respeitava. Agora decidiu não falar nada a respeito do crime, o que durou até o meio do dia seguinte. Daí ele me perguntou, de repente, se eu observara qualquer coisa de peculiar no cenário da atrocidade.

Havia algo na sua forma de enfatizar a palavra "peculiar" que me fez estremecer, sem saber por quê.

— Não, nada de peculiar — disse eu —, nada além, pelo menos, do que lemos no jornal.

— A *Gazeta* — respondeu — não reproduziu, receio, o horror inédito da coisa. Mas deixo de lado as opiniões preguiçosas desse jornal. Acho que este mistério é considerado insolúvel pela mesma razão que o torna fácil de resolver, quero dizer, devido à característica exagerada de seus aspectos. A polícia está confusa pela aparente ausência de motivo — não para o crime em si, mas para a atrocidade do crime. Eles também se atrapalham com a aparente impossibilidade de conciliar as vozes ouvidas discutindo com o fato de que ninguém foi descoberto no alto das escadas, além da assassinada Madame L'Espanaye, e que não havia modo de alguém fugir sem ser visto pelo grupo que subia. A selvagem bagunça no quarto, o cadáver enfiado, com a cabeça para baixo, chaminé acima, a horrível mutilação do corpo da velha senhora, tais considerações, como as que acabo de enumerar e outras que não preciso citar, bastaram para paralisar os poderes dos agentes do governo, porque mistificaram completamente a sua tão falada *perspicácia*. Eles caíram no erro grosseiro mas comum de confundir o insólito com o abstruso. Mas é por esses desvios do plano do convencional que a razão tateia o seu caminho, na busca da verdade.

Em investigações como esta, o que importa não é perguntar sobre "o que aconteceu", mas "o que aconteceu que não ocorreu antes". Na verdade, a facilidade com que chegarei, ou já cheguei, à solução do mistério está na relação direta de sua aparente insolubilidade aos olhos da polícia.

Fiquei olhando para ele, mudo de espanto.

— Agora estou esperando — continuou, olhando para a porta de nosso apartamento —, estou esperando uma pessoa que, embora talvez não tenha sido o perpetrador destas atrocidades, deve estar, em certa medida, implicado em sua perpetração. É provável que ele seja inocente da pior parte dos crimes cometidos. Espero que eu esteja certo nessa suposição, pois nisso se baseia a minha expectativa de decifrar toda a charada. Espero o homem aqui, a qualquer momento, neste cômodo. É verdade que ele pode não chegar, mas é possível que sim. Se vier, será necessário detê-lo. Tenho pistolas aqui e nós dois sabemos usá-las quando a ocasião exige.

Peguei as pistolas, mal sabendo o que dizia, ou acreditando no que ouvia, enquanto Dupin continuava, parecendo mergulhado num solilóquio. Eu já falei do seu jeito abstrato nessas ocasiões. Seu discurso era endereçado a mim, mas sua voz, embora nada alta, tinha aquela entonação empregada para falar com alguém a grande distância. Seus olhos, vazios, só se fixavam na parede.

— Foi comprovado pelos depoimentos — disse — que as vozes ouvidas discutindo lá em cima pelo grupo não eram das mulheres. Isto nos livra de qualquer dúvida sobre a questão de se a velha senhora poderia ter primeiro acabado com a filha e, em seguida, cometido suicídio. Falo disso principalmente por causa do método, pois a força de Madame L'Espanaye seria completamente insuficiente para a tarefa de enfiar o cadáver da filha chaminé acima, como foi descoberto, e a natureza das feridas nela própria afastam inteiramente a ideia de autodestruição. Então o crime foi cometido por alguém mais e essas outras vozes foram ouvidas discutindo. Deixe-me chamar sua atenção não para todos os testemunhos sobre essas vozes, mas para o que havia de peculiar nesses testemunhos. Observou algo peculiar neles?

Eu disse que, embora todas as testemunhas concordassem em supor que a voz rouca deveria ser a de um francês, havia muita controvérsia sobre a voz aguda, ou, como alguém disse, a voz áspera.

— Este era o testemunho em si — disse Dupin —, não a peculiaridade dele. Você não observou nada de diferente. Porém há algo a ser observado. As testemunhas, como você disse, concordaram quanto à voz rouca, nisso houve unanimidade. Mas, quanto à voz aguda, a peculiaridade não é terem discordado, mas que, enquanto um italiano, um inglês, um espanhol, um holandês e um francês tentaram descrevê-la, cada um se referiu a ela como a de *um estrangeiro*. Cada um tem certeza de que não era da sua terra. Cada um afirma que era de alguém que falava uma língua desconhecida. O francês supõe que era a voz de um espanhol e "poderia ter reconhecido algumas palavras se soubesse o espanhol". O holandês afirma que era a de um francês, mas sabemos que ele fala isso porque "por não entender o francês, a testemunha teve de ser ouvida através de um intérprete". O inglês acha que era a voz de um alemão e "não entende o alemão". O espanhol "tem certeza" de que era um inglês, "julga pela entonação", "mas não entende o inglês". O italiano acredita que a voz era de um russo, mas "nunca conversou com um russo". Um outro francês, contudo, diverge do primeiro, e tem certeza de que a voz era de um italiano, mas, "sem saber essa língua", está como o espanhol, "convencido pela entonação". Ora, como deve ter sido estranha essa voz para originar depoimentos assim! Nos seus *tons*, mesmo representantes das cinco grandes nações da Europa não puderam reconhecer nada familiar! Você dirá que poderia ser a voz de um asiático, de um africano. Nem asiáticos, nem africanos abundam em Paris, mas, sem negar a possibilidade, chamarei apenas a sua atenção para três pontos. A voz é chamada por uma testemunha de "mais áspera que aguda". Outras duas dizem que era "rápida e *desigual*". Nada de palavras — nenhum som parecendo palavras foi mencionado pelas testemunhas como reconhecível.

Eu não sei — continuou Dupin — que impressão devo ter dado até agora, segundo sua compreensão, mas não hesito em dizer que deduções exatas vindas dessa porção de depoimentos, que diz respeito às vozes rouca e aguda, são suficientes em si para originar uma suspeita que poderá orientar todo progresso posterior na investigação da matéria. Eu disse "deduções exatas", mas meu pensamento não se expressa completamente com isso. Quero dizer que as deduções são as únicas aceitáveis e que delas surge inevitavelmente uma suspeita, com um único resultado possível. Contudo, não direi ainda qual seja essa suspeita. Só quero que você atente para o fato de que ela é suficientemente forte para dar uma forma nítida — uma certa tendência — às minhas investigações no quarto.

Agora vamos nos transportar em pensamento para o quarto. O que procuramos primeiro? O meio de fuga usado pelos assassinos. Não é demais dizer que nenhum de nós acredita em fatos sobrenaturais. Madame e Mademoiselle L'Espanaye não foram destruídas por espíritos. Os autores da atrocidade eram concretos e escaparam fisicamente. Mas como? Felizmente, só há um modo de raciocinar sobre isso, e esse modo *deve* nos levar a uma decisão definida. Vamos examinar, um a um, os possíveis modos de fuga. É claro que os assassinos estiveram no quarto onde Mademoiselle L'Espanaye foi encontrada ou, pelo menos, no quarto ao lado, quando o grupo subia as escadas. Então, é só nesses dois cômodos que precisamos buscar saídas. A polícia arrancou o assoalho, o forro e o reboco das paredes, em todas as direções. Nenhuma saída *secreta* teria escapado à sua vigilância. Mas, sem confiar nos olhos deles, examinei com os meus. Não havia, então, nenhuma saída secreta. Ambas as portas que levavam dos quartos ao corredor estavam firmemente trancadas, com as chaves do lado de dentro. Vamos passar às chaminés. Elas, embora de largura comum até uns dois ou três metros acima das lareiras, não deixavam passar, em toda a sua extensão, o corpo de um gato grande. A impossibilidade de fuga, pelos meios já citados, é absoluta, então estamos reduzidos às janelas. Pelas do quarto da frente, ninguém poderia ter fugido sem ser notado pelas pessoas da rua. Os criminosos *devem* ter passado, então, pelas do quarto dos fundos. Agora, levados a esta conclusão de modo tão inequívoco, não nos cabe, como raciocinadores, rejeitá-la por causa de impossibilidades aparentes. Só precisamos provar que tais impossibilidades aparentes não eram tantas assim.

Há duas janelas no quarto. Uma delas não tem móveis obstruindo e é totalmente visível. A parte mais baixa da outra está oculta pela parte de cima de uma pesada cabeceira de cama que foi bem encostada contra ela. A primeira foi descoberta, e bem fechada por dentro. Ela resistiu à força total dos que tentaram erguê-la. Um grande buraco foi feito com verruma no seu caixilho, à esquerda, e um prego bem grosso foi achado ali enfiado, quase até a cabeça. Examinando-se a outra janela, um prego semelhante também foi visto, pregado do mesmo jeito. Uma tentativa vigorosa de levantar o caixilho ali também falhou. A polícia ficou completamente convencida de que a fuga não fora por lá. E, *portanto*, achou desnecessário tirar os pregos e abrir as janelas.

Minha investigação pessoal foi mais minuciosa e pela razão que já mencionei — porque se sabia que era ali que se deveria provar que todas as impossibilidades aparentes não eram realmente "impossíveis". Continuei pensando assim *a posteriori*. Os criminosos fugiram por uma das janelas. Assim, não poderiam ter fechado os caixilhos por dentro como se encontrou — este foi o pensamento que fez a polícia parar de investigar o local, pela sua obviedade. Porém, os caixilhos foram trancados. Deviam, assim, poder se fechar por si mesmos. Não havia como escapar dessa conclusão. Fui até a janela desimpedida, retirei o prego com algum esforço e tentei levantar o caixilho. Como esperava, resistiu a todos os meus esforços. Uma mola oculta, agora eu sei, deveria existir e essa confirmação da minha ideia convenceu-me de que minhas premissas estavam corretas, por misteriosas que ainda parecessem as circunstâncias com relação aos pregos. Uma busca cuidadosa logo mostrou onde ficava a mola oculta. Apertei-a e, satisfeito com a descoberta, evitei levantar o caixilho.

Recoloquei o prego e o examinei com atenção. Uma pessoa, passando pela janela, poderia tê-la fechado, e a mola funcionaria. Mas o prego não poderia ter sido recolocado. A conclusão era *clara* e novamente reduzia o campo de minhas investigações. Os assassinos *devem* ter escapado pela outra janela. Supondo, então, que as molas de cada caixilho seriam iguais, era provável que *houvesse* uma diferença entre os pregos ou, pelos menos, entre a maneira de eles terem sido pregados. Subindo no estrado da cama, examinei cuidadosamente a segunda janela. Passando a mão por trás da cabeceira, logo achei a mola e a apertei. Era bem como eu tinha pensado, igual à outra. Examinei o prego. Era grosso como o outro e aparentemente pregado da mesma maneira — enfiado até a cabeça.

Você dirá que eu estava confuso, mas se acha isso não deve ter entendido bem a natureza das deduções. Para usar um termo esportivo, eu não tinha cometido nenhuma "falta". Nunca perdera o faro, nem por um instante. Não havia falha em nenhum elo da corrente. Eu seguira o segredo até seu último resultado... e este resultado era o prego. Ele tinha, repito, em tudo, a aparência do seu companheiro da outra janela; mas este fato era absolutamente inútil (por mais conclusivo que parecesse) quando comparado com a consideração de que ali, naquele ponto, terminava o fio da história. Tinha de haver algo de errado — disse eu — no prego. Peguei-o e a cabeça, com cerca de 6 mm de espiga, ficou nos meus dedos. O resto do prego ficou no buraco feito com verruma, onde quebrara. O lugar de rompimento era velho (pois suas beiradas estavam enferrujadas) e aparentemente fora produzido por uma martelada que enfiou parte da cabeça do prego no alto da beira do caixilho. Recoloquei com cuidado a parte da cabeça no lugar de onde a havia tirado e a semelhança com um prego perfeito ficou completa — o corte era invisível. Apertando a mola, levantei levemente o caixilho alguns centímetros; a cabeça do prego foi junto, sem sair do lugar. Fechei a janela e o aspecto de um prego inteiro voltou a ser perfeito.

O enigma, até agora, estava decifrado. O assassino escapara pela janela sobre a cama. Quer se tivesse fechado por si, após a saída dele, quer talvez fosse fechada propositadamente, ela ficara presa pela mola. E era isso que a polícia tomara erradamente pela fixação do prego. O que barrou qualquer investigação posterior.

A questão seguinte é o modo usado para descer. Nesse ponto, bastou o passeio com você em torno do prédio. A cerca de 1,6 m da janela, existe um para-raios. De lá seria impossível alguém entrar ou chegar à janela. Mas os postigos do quarto andar eram daquele tipo especial que os carpinteiros parisienses chamam de *ferrades*, um tipo raramente usado hoje, mas muito encontrado nas casas bem velhas de Lyon e Bordeaux. Têm a forma de uma porta comum (folha simples, não de duas partes), mas a metade superior é gradeada ou trabalhada com treliça aberta — sendo assim um excelente lugar para agarrar com as mãos. No exemplo presente, esses postigos têm cerca de um metro de largura. Quando os vimos da parte de trás da casa, estavam ambos meio abertos — isto é, faziam ângulo reto com a parede. É provável que os agentes da polícia, bem como eu, tenham examinado a parte traseira do edifício, mas, se olharam aquelas *ferrades*, na linha de sua largura (como deveriam ter feito), não perceberam sua largura toda, ou, pelo menos, não deram a devida atenção a ela. Como estavam convencidos de que não se poderia ter fugido por ali, naturalmente se limitaram a um exame bem superficial. Porém, ficou claro para mim que, se o postigo da janela acima da cama fosse aberto até a parede, ficaria a uns 60 cm do para-raios. Também ficou evidente que, usando um grau pouco comum de vigor e de coragem, alguém poderia entrar pela janela, a partir do para-raios. Chegando a uns 80 cm (supondo agora que o postigo estivesse totalmente aberto), um ladrão poderia ter se agarrado na treliça. Largando o para-raios, colocaria os pés contra a parede e, firmando-se ali, saltaria agilmente, o que faria o postigo virar, fechando-se; se imaginarmos a janela aberta nesse momento, poderia ter-se lançado para dentro do quarto.

Gostaria que tivesse bem em mente que falei de um grau pouco comum de vigor como requisito para se ter sucesso num ato tão perigoso e difícil. Meu objetivo é mostrar-lhe, primeiro, que a coisa pode ter sido realizada, mas, em segundo lugar e principalmente, gostaria de gravar em você a situação muito extraordinária. O caráter quase sobre-humano da agilidade necessária para fazer isso. Você dirá, sem dúvida, usando a linguagem dos advogados, que "para o caso ficar em pé" eu deveria, em vez de insistir, dar menos valor a uma avaliação completa da habilidade exigida. Isso pode valer na prática da lei, mas não para o uso da razão. Meu objetivo final é apenas a verdade. Meu propósito imediato é levá-lo a colocar, em justaposição, esse vigor pouco comum, do qual acabo de falar, e aquelas vozes agudas (ou ásperas) e desiguais, *muito peculiares*, sobre cuja nacionalidade não houve quem entrasse em acordo e das quais não se entendeu nada de articulado.

Com essas palavras, uma concepção vaga e informe do que Dupin queria dizer foi surgindo. Parecia-me estar à beira da compreensão, sem poder entender — como os homens se acham, às vezes, no limiar da lembrança, sem poder lembrar finalmente. Meu amigo continuou assim:

— Você verá que mudei a pergunta do modo de saída para o modo de entrada. Era minha intenção sugerir a ideia de que ambas foram feitas da mesma maneira, no mesmo local. Vamos voltar agora ao interior do quarto. Vamos examinar as coisas aqui. As gavetas da cômoda, disseram, foram saqueadas, embora muitas peças de roupa ainda continuassem lá. A conclusão aqui é absurda. É uma simples adivinhação — e tola —, nada mais. Como saberíamos se as peças que estão nas gavetas não eram a totalidade das que havia ali? Madame L'Espanaye e sua filha viviam uma vida muito retirada — não recebiam visitas, raramente saíam —, não precisavam, assim, mudar de roupas muitas vezes. O que foi achado era, pelo menos, de boa qualidade, era o que elas provavelmente teriam. Se um ladrão levasse alguma coisa, por que não pegaria o melhor — por que não pegaria tudo? Numa palavra, por que abandonar quatro mil francos em ouro para se complicar com uma trouxa de roupa? O ouro *foi* abandonado. Quase toda a quantia citada por Monsieur Mignaud, o banqueiro, foi descoberta nas bolsas que estavam no chão. Gostaria, então, de afastar do seu pensamento a absurda ideia do "motivo", engendrada por cérebros da polícia, a partir daquela parte dos testemunhos que falavam do dinheiro entregue na porta da casa. Coincidências dez vezes mais notáveis do que esta (a entrega do dinheiro e o crime cometido três dias depois contra as pessoas que o receberam) acontecem a todos nós, a cada hora de nossas vidas, sem atrair sequer um interesse momentâneo. As coincidências geralmente são grandes obstáculos no caminho da classe de pensadores que foram educados no desconhecimento da teoria das probabilidades, essa teoria com a qual estão em dívida os mais gloriosos objetos da pesquisa humana para maior glória do saber. No caso atual, se o ouro tivesse sumido, o fato de sua entrega, três dias antes, teria suscitado mais que uma coincidência. Teria confirmado essa ideia do motivo. Mas, sob as circunstâncias reais do caso, se formos supor que o ouro seria o motivo dessa atrocidade, também deveríamos imaginar que o assaltante seria um idiota hesitante por ter abandonado o ouro e sua motivação.

Conserve bem agora na mente os pontos para os quais chamei sua atenção — aquela voz peculiar, aquela agilidade incomum e aquela espantosa ausência de motivo, num crime tão singularmente atroz como este; vamos examinar o homicídio em si. Temos uma mulher estrangulada até a morte, por força manual, e enfiada numa chaminé com a cabeça para baixo. Assassinos comuns não usam esse jeito de matar. Ainda menos essa forma de dispor do assassinado. Na maneira de enfiar o cadáver chaminé acima, você admitirá que há algo de excessivo, exagerado — algo totalmente contrário às nossas noções comuns do comportamento humano, por mais que a gente suponha que os autores sejam os mais depravados dos homens. Pense, também, como é grande a sua força para enfiar o corpo numa abertura tão estreita, que exigiu o vigor conjunto de várias pessoas para puxá-lo com dificuldade para baixo!

Pense, agora, em outros indícios do uso de um vigor fora do comum. Na lareira havia tranças grossas — bem grossas — de cabelo humano grisalho. Eles foram arrancados pela raiz. Você sabe que é preciso uma força muito grande para puxar da cabeça uns vinte ou trinta cabelos juntos. Você viu os cachos em questão, como eu. Suas raízes (uma visão horrenda) estavam cheias de fragmentos da carne do couro cabeludo — certamente amostras da força prodigiosa que foi usada para arrancar talvez meio milhão de fios ao mesmo tempo. A garganta da velha senhora não estava apenas cortada, mas a cabeça completamente separada do corpo; o instrumento foi uma navalha comum. Eu também gostaria que você atentasse para a ferocidade *brutal* desse ato. Não falaria dos ferimentos no corpo de Madame L'Espanaye. Monsieur Dumas e seu precioso auxiliar, Monsieur Etienne, afirmaram que foram feitos por algum instrumento rombudo, e até agora esses cavalheiros estão muito corretos. O instrumento rombudo foi claramente o pavimento de pedra do pátio, no qual a vítima caiu da janela que fica acima da cama. Esta ideia, embora pareça bem simples, escapou à polícia pela mesma razão que a

largura dos postigos — porque, no caso dos pregos, sua preocupação estava hermeticamente fechada contra a possibilidade de as janelas terem sido abertas de alguma forma.

"Agora, se, além de tudo isso, você tiver refletido adequadamente sobre a terrível desordem do lugar, chegaremos ao ponto em que poderemos combinar as ideias sobre uma agilidade espantosa, uma força sobre-humana, uma ferocidade brutal, uma carnificina sem motivo, uma estranheza em terror absolutamente fora dos limites humanos e uma voz estrangeira no seu tom para os ouvidos de homens de muitas nações, e sem contar com qualquer silabação articulada ou inteligível. Que resultado, então, se tira disso? Que impressão eu consegui dar para sua imaginação?

Senti um arrepio no corpo quando Dupin me fez a pergunta.

— Um demente — disse eu — cometeu o crime —, um louco furioso, fugido de uma casa de saúde próxima.

— Em alguns aspectos — respondeu — sua ideia é

relevante. Mas as vozes dos loucos, mesmo em seus mais doidos paroxismos, nunca são parecidas com a voz peculiar ouvida nas escadas. Os malucos são de alguma nação, e sua língua, embora incoerente nas palavras, sempre tem a coerência da silabação. Além disso, o cabelo de um doido não é como o que tenho aqui na mão. Peguei esses poucos fios nos dedos rigidamente contraídos de Madame L'Espanaye. Diga-me o que pensa disso!

— Dupin! — disse eu, completamente perturbado —, este cabelo é muito estranho — não é *humano.*

— Não disse que era — falou —, mas, antes de resolver essa questão, gostaria que desse uma olhada no desenho que fiz neste papel. É um desenho fac-similado do que foi descrito em certo ponto dos depoimentos como "manchas negras e marcas fundas de unhas" na garganta de Mademoiselle L'Espanaye e, em outro ponto (dos senhores Dumas e Etienne) com "uma série de marcas pálidas, produzidas evidentemente pela impressão dos dedos".

Você perceberá — continuou meu amigo, abrindo o papel sobre a mesa à nossa frente — que este desenho dá a ideia de um agarrão firme e seguro. Não há um sinal de escorregão. Cada dedo conservou — talvez até a morte da vítima — o agarrão terrível, imprimindo-se na carne. Tente, agora, colocar seus dedos ao mesmo tempo nas marcas exatas que está vendo.

Tentei em vão.

— Talvez não estejamos fazendo a experiência corretamente — disse —, o papel está estendido numa superfície plana, mas a garganta humana é cilíndrica. Aqui você tem um rolo de madeira, cuja circunferência é semelhante à da garganta. Enrole o desenho nele e tente outra vez.

Foi o que fiz, mas a dificuldade foi maior do que antes.

— Isto não é sinal de nenhuma mão humana!

— Leia agora — respondeu Dupin — esta passagem de Cuvier*.

Era um texto sobre anatomia que descrevia em geral os grandes orangotangos fulvos das ilhas das Índias Orientais. A altura gigantesca, a força prodigiosa e seu vigor, a ferocidade selvagem e as propen-

---

* Georges Cuvier (1769-1832), grande historiador natural francês.

sões desses mamíferos à imitação são bastante conhecidos. Entendi subitamente o horror total do crime.

— A descrição dos dedos — disse eu, ao acabar de ler — ajusta-se exatamente a este desenho. Percebo que nenhum animal, a não ser um orangotango da espécie aqui mencionada, poderia ter feito marcas como as que você desenhou. Esse monte de cabelos fulvos também é idêntico ao do animal de Cuvier. Mas não consigo entender alguns detalhes desse mistério arrepiante. Por exemplo, havia *duas* vozes discutindo, e uma delas era inegavelmente a voz de um francês.

— É verdade, e você deve se lembrar da expressão quase unanimemente relatada nos depoimentos, dita por essa voz, a expressão *mon Dieu*! Nas circunstâncias, isso foi considerado justamente por uma das testemunhas (Montani, o confeiteiro) como uma expressão de repreensão ou advertência. Baseei, portanto, nessas duas palavras minhas esperanças de uma plena solução do enigma. Um francês tinha conhecimento do crime. É possível — até mesmo mais do que provável — que ele seja inocente de toda participação nos eventos sanguinários que ocorreram. O orangotango pode ter fugido dele. Ele pode tê-lo seguido até o quarto, mas, nas perturbadoras circunstâncias que se seguiram, ele nunca poderia tê-lo recapturado. Ele ainda está à solta. Não continuarei essas especulações — pois não tenho direito de chamá-las de outra coisa —, já que as sombras de reflexão em que se baseiam não têm profundidade suficiente para ser apreciadas por minha razão, e tanto mais quanto não pretendo torná-las compreensíveis ao entendimento de outras pessoas. Vamos chamá-las de especulações, então, e tratar delas como tal. Se o francês em questão for, como suponho, inocente mesmo dessa atrocidade, este anúncio, que deixei na noite de ontem, quando voltávamos para casa, na redação do *Le Monde* (um jornal dedicado a negócios marítimos e muito lido por marinheiros) irá trazê-lo à nossa morada.

Passou-me um jornal e eu li isto:

CAPTURADO — No Bois de Boulogne, ao amanhecer do dia... do corrente (a manhã do crime) um orangotango enorme e fulvo, da espécie Bornéu. O proprietário (que se sabe ser um marinheiro de um navio maltês) pode recuperar o animal, desde que apresente identidade satisfatória e pague algumas despesas relativas à sua captura e tratamento. Procurar no número ..., da rua ..., Faubourg St. Germain, terceiro andar.

— Como é possível — perguntei — você saber que o homem é marinheiro de um navio maltês?

— Não sei — disse Dupin. — Não tenho certeza disso. Contudo, eis aqui um pedacinho de fita que, pela sua forma e sua aparência gordurosa, evidentemente foi usado para prender o cabelo num desses rabos de cavalo que os marinheiros apreciam. Além disso, esse nó é daqueles que poucas pessoas, além de marinheiros, sabem dar e é peculiar dos malteses. Peguei a fita na base do para-raios. Não poderia pertencer a nenhuma das vítimas. Agora, se afinal eu estiver errado nessa dedução a partir da fita, dizendo que o francês era um marinheiro pertencente a um navio maltês, ainda assim não terei feito mal algum ao dizer o que estava no anúncio. Se eu estiver errado, simplesmente vou supor que terei sido enganado por alguma circunstância que não valerá a pena investigar. Mas, se eu estiver certo, um grande ponto será conquistado. Sabedor, embora inocente, do crime, o francês naturalmente hesitará primeiro em responder ao anúncio e recuperar o orangotango. Ele raciocinará assim: "Sou inocente; sou pobre; meu orangotango é de grande valor — para alguém na minha condição, uma fortuna —, por que eu iria perdê-lo por causa de tolas apreensões de perigo? Aqui está ele, ao meu alcance. Foi encontrado no Bois de Boulogne, a uma boa distância do cenário dessa carnificina. Como é que alguém suspeitaria que uma besta-fera poderia ter cometido o crime? A polícia está tonta — não conseguiu nenhum indício. Mesmo que descobrissem a pista do animal, seria impossível provar que eu sabia do crime ou me envolver como culpado por conta desse conhecimento. Acima de tudo, *sou conhecido.* O anunciante me mostra como dono do animal. Não tenho certeza de até onde ele sabe das coisas. Se desistisse de reclamar uma propriedade de tão grande valor, que sabem que possuo, eu deixaria de recuperar o animal e me tornaria bem suspeito. Não é minha intenção atrair a atenção nem para mim, nem para o animal. Responderei ao anúncio, pegarei o orangotango e o manterei trancado até o caso esfriar".

Nesse instante, ouvimos alguém na escada.

— Prepare-se — disse Dupin — com suas pistolas, mas não as use, nem as mostre até que eu lhe faça um sinal.

A porta da frente da casa fora deixada aberta e o visitante entrara sem tocar e já dera vários passos na escada. Porém, agora ele parecia hesitar. E o ouvimos descendo. Dupin foi depressa até a porta, quando o ouvimos subir de novo. Ele não retrocedeu outra vez, mas subiu com decisão e bateu à porta do nosso apartamento.

— Entre — disse Dupin, em tom alegre e caloroso.

Um homem entrou. Era um marinheiro, evidentemente — um sujeito alto, sólido e musculoso, com uma certa expressão ousada, que não era desagradável. Seu rosto, bem bronzeado, estava escondido, em mais da metade, por suíças e um bigode. Usava uma enorme bengala de carvalho, mas não parecia ter nenhuma outra arma. Cumprimentou-nos desajeitadamente e nos disse "boa noite" com um sotaque francês que, embora com um toque de Neufchatel, ainda era bastante indicativo de uma origem parisiense.

— Sente-se, meu amigo — disse Dupin —, suponho que veio por causa do orangotango. Palavra de honra, quase o invejo por ser dono dele; um animal notavelmente belo e, sem dúvida, muito valioso. Que idade acha que ele tem?

O marinheiro deu um longo suspiro, com o ar de um homem aliviado de alguma carga intolerável, e daí respondeu, num tom tranquilo:

— Não sei dizer, mas não pode ter mais de quatro ou cinco anos. O senhor está com ele aqui?

— Oh não, não temos acomodações para mantê-lo aqui. Ele está numa cocheira de aluguel na rua Dubourg, aqui perto. O senhor poderá tê-lo de manhã. Claro que está preparado para identificar a propriedade.

— Com certeza estou.

— Fico triste de me separar dele — disse Dupin.

— Não vou deixá-lo sem compensar por todo esse trabalho que teve — disse o homem. — Nem pensar nisso. Estou disposto a lhe pagar uma recompensa por ter descoberto o animal — isto é, dentro do razoável.

— Bem — respondeu meu amigo —, isto é muito justo, sem dúvida. Deixe-me pensar — o que pedirei? Oh! Vou lhe dizer. Minha recompensa será o seguinte: o senhor me dará todas as informações que tiver sobre os crimes da rua Morgue.

Dupin disse as últimas palavras em tom bem baixo e tranquilo. Com a mesma tranquilidade, foi até à porta, trancou-a e pôs a chave no bolso. Daí tirou uma pistola sob o paletó e a colocou, sem a mínima agitação, sobre a mesa.

O rosto do marinheiro ficou vermelho como se estivesse lutando contra a sufocação. Ficou de pé e pegou a bengala, mas no instante seguinte deixou-se cair na cadeira, tremendo violentamente, com uma expressão fúnebre. Não disse uma palavra. Tive pena dele, no mais fundo do meu ser.

— Meu amigo — disse Dupin, amistosamente —, não se preocupe desnecessariamente. Acalme-se. Ninguém quer lhe fazer mal. Dou-lhe a palavra de honra de um cavalheiro, e de um francês, que ninguém pretende prejudicá-lo. Sei perfeitamente bem que é inocente das atrocidades da rua Morgue. Porém, não irá negar que, de certo modo, está envolvido nelas. Pelo que eu já disse, deve saber que tive meios de informação sobre o caso — meios com os quais o senhor nunca sonharia. Agora a coisa está nesse pé. O senhor não fez nada que pudesse ter evitado — sem dúvida, nada de que pudesse ser culpado. O senhor não é nem culpado de roubo, quando poderia ter roubado com impunidade. Não tem nada para esconder. Não tem razão para isso. Por outro lado, todo princípio de honra obriga-o a confessar tudo que sabe. Um homem inocente está preso agora, acusado do crime do qual o senhor pode indicar o autor.

O marinheiro recuperou sua presença de espírito, ou quase toda, enquanto Dupin dizia isso, mas sua atitude determinada anterior sumira.

— Que Deus me ajude — disse ele, depois de uma pausa breve —, vou lhe contar tudo que sei desse caso. Mas não espero que acredite em metade do que direi — eu seria um doido se esperasse isso. Porém, eu sou inocente, e quero desabafar, mesmo que tenha de morrer por isso.

O que ele declarou é isto, em síntese. Havia pouco tempo fizera uma viagem ao arquipélago índico. Um grupo, do qual participara, desembarcou em Bornéu e passou para o interior, numa

viagem de recreio. Ele e um companheiro capturaram o orangotango. Como o amigo morreu, ele ficou sendo o único dono do animal. Depois de muitos problemas, causados pela ferocidade indomável do seu cativo durante a viagem para a pátria, ele finalmente conseguiu instalá-lo em segurança na sua casa em Paris, onde, para não chamar a atenção desagradável dos vizinhos, o manteve cuidadosamente recluso, até curá-lo de uma ferida no pé causada por uma farpa a bordo do navio. Estava planejando vendê-lo.

Ao voltar para casa, vindo de uma farra com alguns marinheiros na noite, ou melhor, na madrugada do crime, encontrou o animal na sua própria cama, à qual chegara de um cubículo anexo, onde o deixava preso de modo seguro, conforme pensava. Com a navalha na mão e cheio de sabão de barba, estava sentado diante do espelho, tentando se barbear, coisa que sem dúvida vira o dono fazer antes pelo buraco da fechadura do cubículo. Aterrorizado por ver uma arma tão perigosa na posse de um animal tão feroz, e tão capaz de fazer uso dela, o homem se viu sem ação. Porém, acostumara-se a acalmar a criatura, mesmo em momentos de fúria, usando um chicote, e foi o que fez. Ao ver o chicote, o orangotango fugiu imediatamente pela porta do cômodo, escadas abaixo, e daí foi para a rua, através de uma janela, infelizmente aberta.

O francês seguiu-o, desesperado; o macaco, com a navalha ainda na mão, parava de vez em quando para olhar para trás e gesticular para o dono, até que este quase o alcançou. Depois o animal se distanciou. Desse modo, a perseguição continuou por muito tempo. As ruas estavam bem quietas, já que eram quase três horas da madrugada. Ao passar por um beco nos fundos da rua Morgue, a atenção do fugitivo foi atraída por uma luz brilhando na janela aberta do apartamento de Madame L'Espanaye, no quarto andar do edifício. Correndo para lá, percebeu o para-raios, escalou-o com agilidade inconcebível, agarrou o postigo, que estava completamente aberto contra a parede, e lançou-se diretamente para a cabeceira da cama. Tudo isso foi feito em menos de um minuto. O postigo foi reaberto com um chute pelo orangotango, ao entrar no quarto.

Enquanto isso, o marinheiro ficou contente e perplexo. Agora cresceram suas esperanças de recapturar o animal, já que ele dificilmente poderia escapar da armadilha em que se metera, a não ser pelo para-raios, onde poderia ser interceptado ao descer. Por outro lado, havia muito com que se preocupar pelo que ele poderia fazer dentro da casa. Esta última reflexão estimulou o homem a seguir o fugitivo. O para-raios foi escalado sem dificuldade pelo marinheiro, mas, quando ele chegou no alto, ao nível da janela, que ficava longe, à esquerda, seu caminho foi cortado. O máximo que pôde fazer foi tentar dar uma espiada no interior do quarto. Com isso, ele quase caiu, devido ao horror que sentiu. Aí começaram os pavorosos gritos no meio da noite, os mesmos que acordaram os moradores da rua Morgue. Madame L'Espanaye e sua filha, vestidas com suas camisolas, aparentemente estavam ocupadas em arrumar papéis no cofre de ferro já mencionado, que fora arrastado para o meio do quarto. Estava aberto e seu conteúdo se encontrava, ao lado, no chão. As vítimas deveriam estar sentadas de costas para a janela e, pelo tempo transcorrido entre a entrada do animal e os gritos, parece provável que o bicho não tenha sido notado imediatamente. A batida do postigo naturalmente deve ter sido atribuída ao vento.

Quando o marinheiro olhou, o animal gigantesco pegara Madame L'Espanaye pelo cabelo (que estava solto, já que ela acabara de penteá-lo) e passava a navalha no seu rosto, imitando os gestos de um barbeiro. A filha estava prostrada e imóvel; desmaiara. Os gritos e a luta da velha senhora (foi quando o pelo foi arrancado da sua cabeça) tiveram o efeito de mudar as intenções provavelmente pacíficas do orangotango, deixando-o furioso. Com um golpe decidido do seu braço musculoso, ele quase separou a cabeça do corpo. A visão do sangue alterou a ferocidade para um paroxismo. Rilhando os dentes, com os olhos chispando, saltou sobre o corpo da moça e cravou as garras terríveis na garganta, fazendo isso até ela morrer. Seus olhares errantes e desvairados caíram na cabeceira da cama, sobre a qual podia ver o rosto do dono, rígido de terror. Sua fúria, que, sem dúvida, ainda tinha na mente o temido chicote, transformou-se imediatamente em medo. Consciente de merecer castigo, o animal pareceu querer esconder suas vítimas ensanguentadas e vagou pelo cômodo numa agonia de agitação nervosa; jogava longe e quebrava a mobília ao avançar, arrastava a cama pelo estrado. Afinal pegou primeiro o cadáver da filha e o enfiou na chaminé, onde foi encontrado; depois o da velha senhora, que logo lançou pela janela.

Quando o macaco se aproximou da janela com a carga mutilada, o marinheiro agarrou apavorado o para-raios e, mais escorregando do que descendo, correu para casa — receando as consequências da carnificina e abandonando com satisfação, no seu terror, toda a preocupação com o destino do orangotango. As palavras ouvidas pelo grupo que subia as escadas eram as exclamações de horror e medo do francês, misturadas com os uivos pavorosos do animal.

Tenho pouco mais a acrescentar. O orangotango deve ter escapado do apartamento pelo para-raios, pouco antes do arrombamento da porta. Ele deve ter fechado a janela ao passar por ela. Depois foi capturado pelo próprio dono, que conseguiu por ele uma boa quantia no *Jardin des Plantes.* Le Bon foi imediatamente solto, após nosso relato das circunstâncias (com alguns comentários de Dupin) no gabinete do chefe de polícia. Este funcionário, embora agradecido ao meu amigo, não pôde ocultar sua contrariedade pelo rumo que o caso tomou, e até se entregou a um ou dois sarcasmos sobre a conveniência de cada pessoa tratar dos seus assuntos.

— Deixe-o falar — disse Dupin, que não achara necessário responder. — Deixe-o discursar; isso aliviará sua consciência. Estou contente por tê-lo derrotado em seu próprio domínio. Entretanto, o fato de ele ter fracassado na solução deste mistério não é, de modo nenhum, algo tão espantoso quanto ele imagina, pois, na verdade, nosso amigo, o chefe, é um tanto sagaz demais para ser profundo. Na sua ciência, falta um *apoio.* Ela é só cabeça e nenhum corpo, como os retratos da deusa Laverna — ou, na melhor das hipóteses, só cabeça e ombros, como um bacalhau. Mas ele é uma ótima pessoa, apesar de tudo. Gosto dele, especialmente por sua magistral impostura, que lhe rendeu fama de gênio. Quero dizer, a maneira dele de "negar o que é e de explicar o que não é"*.

---

* Citação de *A nova Heloísa,* de Jean-Jacques Rousseau.

O MISTÉRIO DE MARIE ROGÊT*

(continuação de "Os crimes da rua Morgue")

* Edgar Allan Poe usou aqui uma história real, a morte misteriosa de uma moça que vendia charutos e cigarros em Nova York, chamada Mary Cecilia Rogers. Houve muito interesse pelo crime na época, mas ele não fora resolvido até o escritor produzir este conto, em novembro de 1842. Poe alterou o local, contando a história de uma garota parisiense morta também como Mary Rogers. Confissões posteriores de duas pessoas (uma delas, a Madame Deluc da história) confirmaram o raciocínio do cavalheiro C. Auguste Dupin para o crime real. (N. E.)

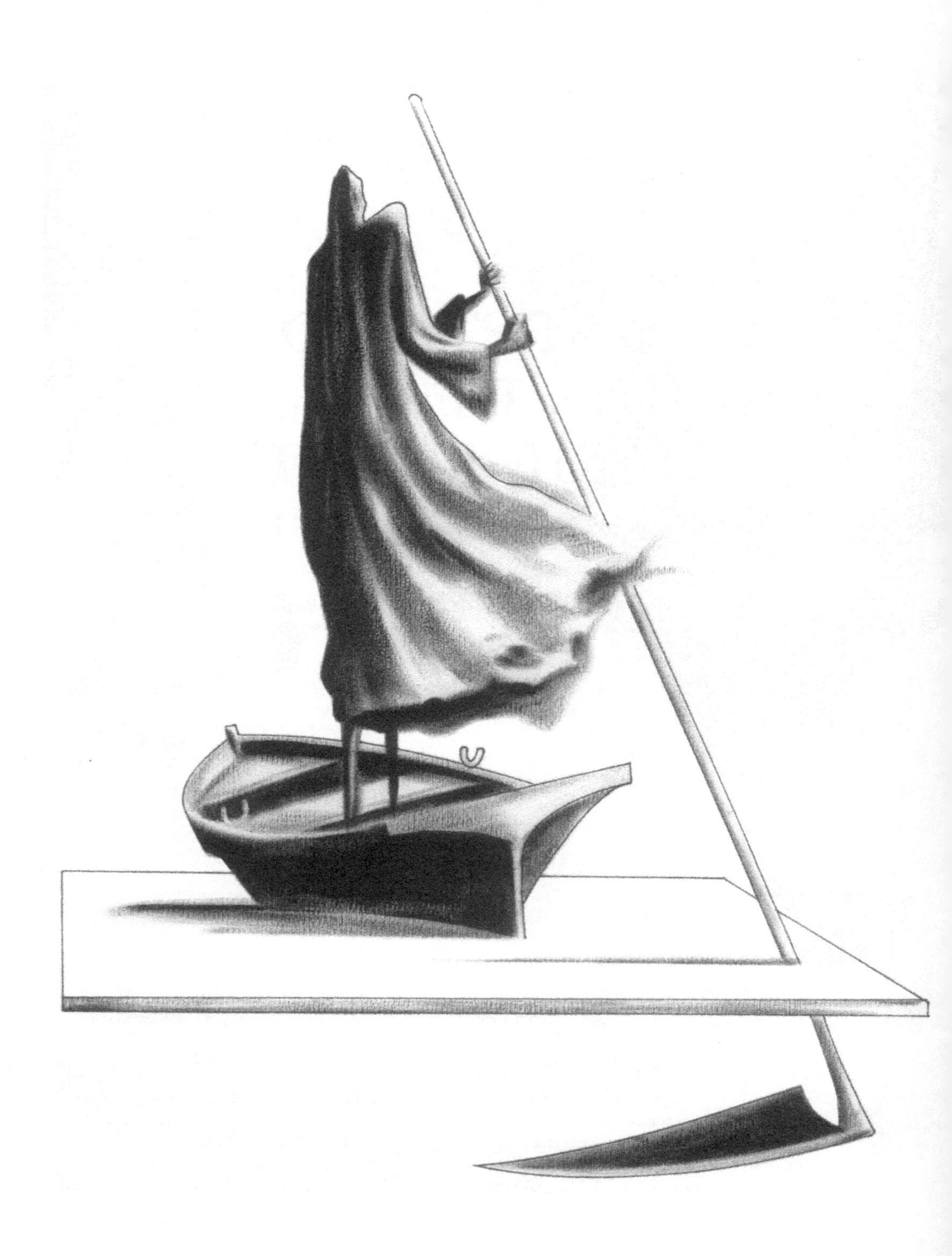

HÁ SÉRIES IDEAIS DE ACONTECIMENTOS QUE CORREM PARALELAMENTE ÀS REAIS. RARAMENTE COINCIDEM. OS HOMENS E AS CIRCUNSTÂNCIAS GERALMENTE MODIFICAM O RUMO IDEAL DOS FATOS, DE MODO QUE ELE PARECE IMPERFEITO, E SUAS CONSEQUÊNCIAS SÃO IGUALMENTE IMPERFEITAS. FOI ASSIM COM A REFORMA: NO LUGAR DO PROTESTANTISMO, VEIO O LUTERANISMO.

NOVALIS (PSEUDÔNIMO DE FRIEDRICH VON HARDENBERG), *MORALISCHE ANSICHTEN*

Há poucas pessoas, mesmo entre os mais serenos dos pensadores, que não se espantaram com uma vaga, embora arrepiante, semicrença no sobrenatural, devido a coincidências de aspecto tão aparentemente fantástico que, enquanto meras coincidências, a inteligência não é capaz de aceitá-las. Tais sentimentos — pois as semicrenças de que falo nunca têm a força plena do pensamento — raramente são sufocados, a menos que os relacionemos com a doutrina do acaso, ou, como é tecnicamente chamada, o Cálculo das Probabilidades. Agora, esse cálculo é em essência puramente matemático, e assim temos a anomalia da ciência mais rigidamente exata aplicada à sombra e à espiritualidade do que há de mais intangível em especulação.

Os detalhes extraordinários que agora sou levado a tornar públicos formam, no que diz respeito à sequência do tempo, o ramo principal de uma série de *coincidências* dificilmente inteligíveis, cujo ramo secundário ou definitivo será reconhecido por todos os leitores no recente assassinato de Mary Cecilia Rogers, em Nova York.

Quando, num artigo intitulado "Os crimes da rua Morgue", tentei, há cerca de um ano, retratar alguns aspectos muito notáveis do caráter mental do meu amigo, o cavalheiro C. Auguste Dupin, não me ocorreu que voltaria ao tema. Meu objetivo fora retratar esse caráter e o objetivo foi cumprido inteiramente no embalo das circunstâncias que foram usadas para exemplificar as manias de Dupin. Deveria ter acrescentado outros exemplos, mas não teria provado nada mais. Contudo, acontecimentos recentes, com seus desenvolvimentos surpreendentes, me estimularam a dar detalhes outros, que terão o aspecto de uma confissão arrancada. Ouvindo o que ouvi há pouco tempo, certamente seria estranho eu permanecer em silêncio com relação ao que ouvi e vi há tempos.

Após o desenlace da tragédia que incluiu a morte de Madame L'Espanaye e de sua filha, o cavalheiro descartou o caso da sua atenção e voltou aos seus velhos hábitos de devaneio extravagante. Levado, como sempre, à abstração, logo me adaptei a esse humor; continuando a ocupar nosso apartamento no Faubourg St. Germain, entregamos o Futuro aos ventos e adormecemos tranquilamente no Presente, envolvendo com sonhos o mundo sem graça que nos cercava.

Mas esses devaneios não ficaram totalmente sem interrupções. Pode-se imaginar facilmente que o papel desempenhado por meu amigo no drama da rua Morgue não deixara de causar impressão no íntimo da polícia parisiense. Entre seus agentes, o nome Dupin se transformara numa palavra familiar. Não tendo sido jamais explicado o caráter simples daquelas induções por meio das quais ele havia resolvido o mistério, nem mesmo ao chefe de polícia ou a qualquer outro além de mim, sem dúvida não é de surpreender que o caso fosse visto como pouco menos do que milagroso, ou que as habilidades analíticas do cavalheiro tenham dado a ele o crédito da intuição. Sua franqueza o teria levado a fazer qualquer interlocutor abandonar tal preconceito, mas seu humor indolente vetava qualquer alusão a um assunto cujo interesse já terminara havia muito para ele. Por isso aconteceu que ficou na mira dos olhos policiais, e não foram poucos os casos em que a chefatura tentou utilizar seus serviços. Um dos exemplos mais notáveis foi o do assassinato de uma moça chamada Marie Rogêt.

O caso aconteceu cerca de dois anos depois da atrocidade da rua Morgue. Marie, cujo nome de batismo e de família chamou desde logo a atenção por sua semelhança com o da infeliz vendedora de charutos, era a única filha da viúva Estelle Rogêt. O pai morrera durante a infância da criança e desde o período de sua morte até cerca de dezoito meses antes do assassinato, que é o tema de nossa narrativa, mãe e filha moraram juntas na rua Pavée St. André; a mãe tinha uma pensão ali, ajudada pela filha. Os negócios foram assim até que essa chegou aos 22 anos, quando sua grande beleza atraiu a atenção de um perfumista, que ocupava uma das lojas do porão do Palais Royal, cuja clientela era principalmente de audaciosos aventureiros que infestavam a vizinhança. O senhor Le Blanc não duvidava das vantagens que viriam com a presença da bela Marie em sua perfumaria. Suas generosas propostas foram aceitas ansiosamente pela moça, embora com um pouco mais de hesitação por parte da mãe.

As previsões do lojista se realizaram e seu estabelecimento logo se tornou famoso graças aos charmes da alegre *grisette**. Ela estivera no emprego durante cerca de um ano, quando seus admiradores ficaram aturdidos com seu súbito desaparecimento da loja. O senhor Le Blanc não sabia o porquê de seu sumiço e Madame Rogêt estava desesperada de angústia e terror. Os jornais imediatamente tomaram conta da história e a polícia estava a ponto de começar investigações intensas quando, certa manhã, passado o intervalo de uma semana, Marie, em boa saúde, além de um ar levemente melancólico, reapareceu no seu balcão de costume na perfumaria. Todos os interrogatórios, além daqueles de caráter particular, foram imediatamente suspensos. O senhor Le Blanc confessou total ignorância, como antes. Marie, com a mãe, respondeu a todas as perguntas, dizendo que passara a última semana na casa de um parente no interior. Assim, o caso não progrediu e logo foi esquecido. A moça, evidentemente para escapar de curiosidades impertinentes, pouco depois despediu-se do perfumista e buscou abrigo na casa de sua mãe, na rua Saint André.

Quase três anos depois de sua volta à casa, os amigos se assustaram com seu súbito desaparecimento pela segunda vez. Passaram-se três dias e nada. No quarto dia, seu cadáver foi descoberto flutuando no Sena, perto da praia oposta ao Quartier da rua St. André, e num ponto não muito distante da área isolada da Barrière du Roule.

---

* Trabalhadora jovem que procura agradar. (N.T.)

A atrocidade deste crime (pois ficou logo evidente que fora cometido um crime), a juventude e a beleza da vítima e, acima de tudo, sua notoriedade anterior conspiraram para produzir uma agitação intensa na mente dos sensíveis parisienses. Não consigo me lembrar de uma ocorrência semelhante que produzisse um efeito tão geral e intenso. Durante semanas, com a discussão desse tema palpitante, até os interessantes assuntos políticos do período foram esquecidos. O chefe de polícia fez esforços fora do habitual e todos os poderes da polícia parisiense em conjunto foram chamados à ação.

Depois de achado o corpo, não se supôs que o criminoso conseguisse escapar por mais do que um período curto após o início imediato da investigação. Só uma semana depois, considerou-se necessário oferecer uma recompensa, e mesmo assim ela foi limitada a mil francos. Enquanto isso, a investigação continuava com vigor, embora nem sempre com bom-senso, e muitas pessoas foram interrogadas sem propósito aparente. Entretanto, devido à ausência contínua de pistas para o mistério, o interesse popular cresceu muito. No fim do décimo dia, resolveu-se dobrar a quantia originalmente oferecida. Afinal, passara-se a segunda semana sem qualquer descoberta e o preconceito que sempre existe em Paris contra a polícia causou vários incidentes graves; o chefe de polícia ofereceu do seu bolso a quantia de vinte mil francos pela prisão do assassino ou, se fosse provado que mais de uma pessoa estivesse implicada, "pela prisão de qualquer um dos assassinos". Na proclamação anunciando essa recompensa, um perdão total era prometido a qualquer cúmplice que apresentasse provas contra seu colega. A essa declaração estava anexa, por todo lugar onde apareceu, uma oferta particular de uma comissão de cidadãos, garantindo dez mil francos além da quantia proposta pela chefatura de polícia. A recompensa total ficava assim em nada menos de trinta mil francos, o que era uma soma extraordinária, considerando-se a condição humilde da moça e a grande ocorrência, nas cidades grandes, de atrocidades como a que foi descrita.

Ninguém duvidou que agora o mistério desse crime seria imediatamente resolvido. Embora, em um ou dois casos, fossem feitas prisões que prometiam a solução, nada ficou provado que pudesse incriminar as pessoas suspeitas. Logo foram libertadas. Por estranho que possa parecer, já se passara a terceira semana desde a descoberta do corpo sem que nenhuma luz fosse lançada sobre o caso e sem que nenhum rumor dos fatos que agitavam tanto o público tivesse chegado aos ouvidos de Dupin e aos meus. Mergulhados em pesquisas que absorviam toda nossa atenção, fazia quase um mês que não saíamos de casa nem recebíamos visitas, apenas dando uma olhada nos principais artigos políticos de um dos diários. A primeira informação sobre o crime foi trazida por G... em pessoa. Ele nos visitou na tarde de 13 de julho de 18.., e ficou conosco até tarde da noite. Estava muito irritado com o fracasso de todas as suas investigações para descobrir os assassinos. Sua reputação — e ele dizia isso com um ar peculiarmente parisiense — estava em jogo. Até sua honra estava comprometida. Os olhos do público estavam voltados para ele e não havia sacrifício que ele não fizesse para resolver o caso. Terminou seu discurso um pouco ridículo com um elogio ao que gostava de chamar "o tato" de Dupin e fez-lhe uma oferta direta e certamente generosa, cuja natureza preciosa não tenho o direito de revelar, mas que não tem grande importância para o tema desta narrativa.

Meu amigo esquivou-se do elogio o melhor que pôde, mas aceitou imediatamente a proposta, embora suas vantagens fossem inteiramente condicionais. Acertado esse ponto, o chefe de polícia passou a dar explicações sobre os seus próprios pontos de vista, intercalando-os com longos comentários sobre os testemunhos, dos quais não tínhamos até então o menor conhecimento. Falou muito e sem dúvida magistralmente, enquanto eu me aventurei a uma sugestão ocasional, a propósito da noite que avançava. Dupin, sentado rigidamente na sua poltrona costumeira, era a personificação da atenção respeitosa. Usava óculos, que não tirou durante todo o encontro, e um olhar casual por trás das lentes verdes bastou para me convencer de que ele dormira profundamente, embora sem fazer ruído, durante as sete ou oito horas pesadas que precederam a partida do chefe de polícia.

De manhã busquei na chefatura de polícia um relatório completo de todos os depoimentos feitos e, em várias redações, um exemplar de cada jornal em que, do primeiro ao último, fora publicada qualquer informação decisiva com relação ao triste caso. Livre de tudo o que acabara não sendo provado, essa massa de informação se resumia a isto:

Marie Rogêt saíra da casa de sua mãe, na rua Pavée St. André, por volta das nove da manhã de domingo, 22 de junho de 18... Ao sair, disse a um certo senhor Jacques St. Eustache, e só a ele, que tinha a intenção de passar o dia com uma tia que morava na rua des Drômes. A rua des Drômes é uma travessa curta e estreita, embora muito povoada, próxima das margens do rio, a uma distância de três quilômetros, no caminho mais reto possível, da pensão de Madame Rogêt. St. Eustache era o pretendente aceito de Marie e morava, bem como fazia suas refeições, na pensão. Deveria ir buscar sua noiva ao anoitecer e acompanhá-la até em casa. Mas à tarde caiu uma chuva forte e, supondo que ela iria ficar a noite toda na casa da tia (como já fizera em circunstâncias similares), ele não achou necessário manter o compromisso. Com o avanço da noite, Madame Rogêt (que era uma velha senhora doente, de setenta anos) teria dito recear "que nunca mais veria Marie". Naquele momento, tal observação atraiu pouca atenção.

Na segunda-feira foi comprovado que a moça não estava na rua des Drômes. Quando o dia passou sem se saber dela, uma busca tardia foi organizada em vários pontos da cidade e arredores. Porém, só no quarto dia desde o desaparecimento é que se soube algo de importante. Nesse dia (quarta-feira, 25 de junho), um certo senhor Beauvais, que, com um amigo, fizera indagações sobre Marie perto da Barrière du Roule, na margem do Sena oposta à rua Pavée St. André, foi informado de que um cadáver acabara de ser levado à praia por alguns pescadores, que o acharam boiando no rio. Depois de ver o corpo, Beauvais, após alguma hesitação, identificou-o como o da moça da perfumaria. Seu amigo reconheceu-a imediatamente.

O rosto estava coberto de sangue escuro, que saíra em parte da boca. Não se via espuma, como acontece com os simples afogamentos. Não havia descoloração do tecido celular. Na garganta havia ferimentos e marcas de dedos. Os braços estavam dobrados sobre o peito e rígidos. A mão direita estava fechada e a esquerda parcialmente aberta. No punho esquerdo havia duas escoriações circulares, aparentemente provocadas por cordas, ou por uma corda com mais de uma volta. Parte do punho direito também estava muito esfolada, bem como as costas em toda a extensão, mais especialmente nos omoplatas. Ao trazer o corpo para a praia, os pescadores o prenderam numa corda, mas nenhuma das escoriações foi feita por ela. A carne do pescoço estava bastante inchada. Não havia cortes aparentes nem hematomas que parecessem provocados por golpes. Um pedaço de fita foi achado tão apertado no pescoço que parecia ter sido escondido da vista; estava completamente enterrado na carne e amarrado por um nó oculto que ficava abaixo da orelha esquerda. Só isso já teria bastado para provocar a morte. O depoimento do médico afirmou com convicção o caráter virtuoso da morta. Mas dizia também que ela fora submetida a violência brutal. O cadáver estava em tal situação quando foi achado que não haveria dificuldade em ser reconhecido pelos amigos.

O vestido estava em farrapos e em grande desordem. Na parte externa, uma faixa, de cerca de 30 cm de largura, fora rasgada de baixo para cima, do cós até a cintura, mas não retirada. Fora enrolada em torno da cintura e presa por uma espécie de laço nas costas. A roupa que ficava imediatamente embaixo do vestido era de musselina fina, e dela fora arrancada com grande cuidado uma tira de uns 4 cm de largura, descoberta em volta do pescoço, amarrada frouxamente, com um nó cego. Por cima da tira de musselina e da tira de fita, estavam amarrados os cordões do chapéu, com o chapéu pendente. O nó que prendia esses cordões não era o que as mulheres dão, mas o nó de um marinheiro.

Depois do reconhecimento do cadáver, ele não foi, como de hábito, levado à morgue (tal formalidade era supérflua), mas rapidamente enterrado, perto do lugar onde fora trazido à margem. Devido aos esforços de Beauvais, a questão foi cuidadosamente abafada, tanto quanto possível. Vários dias se passaram antes de despertar qualquer emoção pública. Mas um jornal semanal finalmente tratou do assunto; o corpo foi desenterrado e organizada uma reinvestigação, mas nada foi descoberto além do que se mencionou. As roupas, contudo, foram mostradas à mãe e a amigos da vítima, sendo plenamente identificadas como aquelas que a moça usava ao sair de casa.

Enquanto isso, a excitação crescia de hora em hora. Várias pessoas foram presas e libertadas. St. Eustache foi considerado especialmente suspeito e, a princípio, não conseguiu relatar coerentemente onde estava no domingo em que Marie saiu de casa. Mas depois ele apresentou ao sr. G... álibis satisfatórios para cada hora do dia em questão. À medida que o tempo passou e não se descobriu nada, mil boatos contraditórios circularam e os jornalistas se multiplicaram em sugestões. Entre estas, a de que Marie Rogêt ainda vivia foi a que mais atraiu a atenção — o corpo achado no Sena seria o de outra infeliz. Será adequado fornecer ao leitor alguns dos trechos que expressaram a sugestão citada. Esses trechos são citações *literais* de *L'Étoile*, um jornal feito, em geral, com muita competência.

A senhorita Rogêt deixou a casa de sua mãe na manhã de domingo, 22 de junho de 18.., com o propósito evidente de ir ver sua tia, ou outro parente, na rua des Drômes. A partir dessa hora, ninguém comprovou tê-la visto. Não há absolutamente nenhum indício ou notícia dela... Ninguém que se apresentou disse tê-la encontrado depois que ela deixou a porta de sua mãe [...] Agora, embora não tenhamos provas de que Marie Rogêt estivesse na terra dos vivos após as nove horas de 22 de junho, domingo, temos provas de que antes dessa hora ela estava viva. Na quarta-feira, ao meio-dia, um corpo de mulher foi descoberto boiando na praia da Barrière du Roule. Isto, mesmo que suponhamos que Marie Rogêt se lançou no rio, dentro de três horas depois de ter saído da casa da mãe, só aconteceu três dias depois de ela ter saído, três dias com diferença de uma hora. Mas é bobagem pensar que o assassinato, se é que houve um assassinato relativo a esse corpo, foi consumado bastante cedo para capacitar os assassinos a jogar o corpo no rio antes da meia-noite. Os culpados de crimes tão horríveis preferem as trevas à luz [...] Assim, vemos que, se o corpo encontrado no rio era de Marie Rogêt, ele só poderia ter ficado na água dois dias e meio, ou três no máximo. Toda a experiência mostra que corpos de afogados, ou corpos lançados à água imediatamente após uma morte violenta, precisam de seis a dez dias para uma decomposição suficiente para trazê-los de volta à superfície da água. Mesmo quando se dá um tiro de canhão num cadáver, e ele sobe antes de pelo menos cinco ou seis dias de imersão, ele irá afundar novamente, se deixado à deriva. Agora perguntamos: o que há neste caso para causar um afastamento do rumo normal da natureza? [...] Se o corpo tivesse conservado seu estado de deterioração até a noite de terça-feira, algum sinal dos assassinos teria sido encontrado na praia. Também é um ponto duvidoso que o corpo flutuaria tão depressa, mesmo sendo jogado dois dias após ter sido morto. E, além disso, é muito improvável que qualquer bandido que tenha cometido o assassinato, como se supôs, tivesse atirado o corpo sem um peso para mantê-lo no fundo, quando tal precaução poderia ser facilmente tomada.

O redator continua afirmando que o cadáver deve ter estado na água "não apenas três dias, mas, pelo menos, cinco vezes três dias", pois estava em tal estado de decomposição que Beauvais teve muita dificuldade em reconhecê-lo. Esse último ponto, porém, era inteiramente falso. Continuo a transcrição:

Quais, então, são os fatos pelos quais o sr. Beauvais diz não duvidar que o cadáver é o de Marie Rogêt? Ele rasgou a manga do vestido e disse ter achado marcas que o satisfizeram quanto à identidade. O público supôs, em geral, que tais marcas consistiam em algum tipo de cicatrizes. Ele esfregou o braço e nele descobriu pelo *— algo tão vago, pensamos, como se pode imaginar, tão pouco conclusivo como achar um braço dentro de uma manga. O sr. Beauvais não voltou para casa naquela noite, mas mandou uma mensagem a Madame Rogêt às sete horas, na noite de quarta-feira, dizendo que uma investigação sobre sua filha ainda estava em curso. Se admitirmos que Madame Rogêt, devido à idade e à comoção, não pôde ir (o que é admitir muito), certamente haveria alguém que julgasse valer a pena ir até lá e acompanhar as investigações, se pensasse que o cadáver era o de Marie. Ninguém apareceu. Nada se disse ou ouviu a respeito na rua Pavé St. André que tenha chegado sequer aos ocupantes do mesmo prédio. O sr. St. Eustache, namorado e futuro marido de Marie, que mora na casa da mãe dela, depôs que só ouviu falar da descoberta do corpo da sua prometida na ma-*

nhã seguinte, quando o sr. Beauvais entrou no seu quarto e lhe contou. Espanta-nos uma notícia dessas ter sido recebida assim tão friamente.

Desse modo, o jornal tentou criar a impressão de uma apatia por parte dos parentes de Marie, incoerente com sua suposição de acreditar que o cadáver era dela. Suas insinuações chegaram a isto: que Marie, com a conivência dos seus amigos, sumira da cidade por razões que envolviam uma acusação contra sua castidade, e que esses amigos, após a descoberta de um cadáver no Sena, algo parecido com a moça, aproveitaram-se da oportunidade para impressionar o público com a crença de sua morte. Mas *L'Étoile* se precipitou de novo. Foi nitidamente comprovado que não houve apatia, como imaginado; que a velha senhora estava extremamente fraca e tão perturbada que não poderia ir a lugar nenhum; que St. Eustache, longe de receber friamente a notícia, desesperou-se de dor e comportou-se de modo tão desvairado, que o sr. Beauvais encarregou um amigo e parente de tomar conta dele, impedindo-o de acompanhar o exame da exumação. Além disso, embora fosse dito por *L'Étoile* que o corpo foi enterrado pela segunda vez a expensas do público — e que uma vantajosa oferta de enterro particular tinha sido absolutamente recusada pela família — e que nenhum membro da família compareceu ao enterro — embora, repito, tudo isso tenha sido dito por *L'Étoile* para apoiar a impressão que desejava causar —, tudo foi satisfatoriamente refutado. Num número posterior do jornal, foi feita uma tentativa de jogar suspeitas contra o próprio Beauvais. O redator diz:

Afinal surge uma mudança. Dizem-nos que, em certa ocasião, enquanto uma certa Madame B... estava na casa de Madame Rogêt, o sr. Beauvais, que estava saindo, contou-lhe que um gendarme era esperado ali, e que ela, Madame B..., não deveria dizer nada ao gendarme até ele voltar, mas que o deixasse tratar do caso. Na presente situação, o sr. Beauvais parece ter todo o caso trancado na sua cabeça. Não se pode avançar um passo sem o sr. Beauvais; qualquer que seja o rumo que se tome, esbarra-se com ele. Por algum motivo, ele decidiu que ninguém terá nada a dizer a respeito do processo, além dele, e tirou do caminho os parentes masculinos, segundo suas queixas, de modo muito singular. Ele parece também ter aversão total a permitir que os parentes vejam o corpo.

Algum peso foi dado à suspeita contra Beauvais pelo fato seguinte. Um visitante, alguns dias antes do desaparecimento da moça e durante a ausência do ocupante, observou em seu escritório uma *rosa* na fechadura da porta e o nome "Marie" escrito numa lousa próxima.

A impressão geral, tanto quanto a que podemos tirar dos jornais, parecia ser a de que Marie fora vítima de uma quadrilha de bandidos — que tinha sido levada por eles para o outro lado do rio, maltratada e assassinada. Porém, *Le Commerciel*, uma publicação igualmente influente, foi taxativo em combater essa ideia popular. Cito uma ou duas passagens de suas colunas:

Estamos convencidos de que as investigações têm sido feitas num rumo falso, uma vez que têm sido dirigidas à Barrière du Roule. É impossível que uma pessoa tão conhecida por milhares de pessoas, como a moça em questão, tenha passado por três quarteirões sem ninguém tê-la visto e ninguém que eventualmente a viu se lembrar disso, pois ela interessava a todos que a conheciam. E ela saiu quando as ruas estavam cheias de gente. É impossível que ela tenha ido até a Barrière du Roule ou à rua des Drômes sem ser reconhecida por uma dúzia de pessoas; porém, ninguém se apresentou que a tivesse visto fora da porta da casa de sua mãe e não há prova, a não ser o testemunho relativo a suas intenções expressas, de que ela tenha realmente saído. Seu vestido estava rasgado, enrolado em torno dela e amarrado, e por meio disso o corpo foi carregado como um fardo. Se o crime tivesse sido cometido na Barrière du Roule, tal arranjo não teria sido necessário. O fato de o corpo ter sido encontrado boiando perto da Barrière não é prova de que foi jogado lá na água. [...] Um pedaço de um dos saiotes da pobre moça, de 60 cm de comprimento por 30 cm de largura, foi arrancado e amarrado sob seu queixo, com um nó na nuca, provavelmente para impedir gritos. Isso foi feito por gente que não tinha lenços.

Um ou dois dias antes de o chefe de polícia nos visitar, porém, uma informação importante chegou à polícia, e pareceu contradizer, pelo menos, a maior parte da argumentação de Le Commerciel. *Dois* *menininhos, filhos de uma tal Madame Deluc, enquanto brincavam no mato perto da Barrière du Roule, conseguiram entrar numa mata espessa, dentro da qual havia três ou quatro pedras grandes formando uma espécie de assento, com encosto e apoio para os pés. Na pedra superior havia um saiote branco; na segunda, um lenço de seda. Uma sombrinha, luvas e um lencinho de bolso também foram achados. O lencinho tinha o nome "Marie Rogêt". Fragmentos de roupas foram descobertos nos arbustos espinhosos próximos. A terra estava pisada, as plantas partidas e havia muitos indícios de luta. Entre a mata e o rio, as cercas haviam sido derrubadas e o chão mostrava sinais de que algum fardo pesado fora arrastado por ali.*

Um semanário, *Le Soleil*, fez os seguintes comentários sobre o achado — comentários que simplesmente ecoaram a opinião de toda a imprensa parisiense:

Os objetos ficaram evidentemente *lá, durante pelo menos três ou quatro semanas; estavam completamente mofados por causa da chuva e colados uns aos outros pelo mofo. A grama crescera em volta e sobre alguns deles. A seda da sombrinha era forte, mas os fios estavam costurados juntos por dentro. A parte superior, onde fora dobrada e enrolada, estava toda mofada e apodrecida, rasgando-se quando a sombrinha foi aberta. [...] Os pedaços de vestido, rasgados pelos arbustos, tinham uns 8 cm de largura e uns 15 cm de comprimento. Uma parte era o debrum do vestido e fora remendado; a outra era uma parte da saia, mas não era o debrum. Pareciam tiras arrancadas e estavam na moita de espinhos, a cerca de 30 cm do chão. Não há duvida, portanto, de que o lugar do espantoso ultraje foi descoberto.*

Em seguida a essa descoberta, apareceram novas provas. Madame Deluc testemunhou que tem uma hospedaria próxima da margem do rio, do lado contrário à Barrière du Roule. O lugar é deserto — muito deserto. É, aos domingos, o ponto de encontro do baixo mundo da cidade, que atravessa o rio em barcos. Pelas três da tarde, na tarde do domingo em questão, uma moça chegou ao local, acompanhada por um rapaz moreno. Os dois ficaram lá por algum tempo. Ao partir, tomaram a trilha que levava a um mato fechado das proximidades. A atenção de Madame Deluc foi chamada pelo vestido usado pela moça, por causa da semelhança que tinha com o usado por uma parente falecida. Foi notado sobretudo um lenço. Logo depois da partida do casal, um grupo de marginais apareceu, fazendo um barulho infernal, comendo e bebendo sem pagar; seguiram então o caminho do rapaz e da moça, voltaram para a hospedaria na hora do crepúsculo e cruzaram o rio novamente, como se estivessem com muita pressa. Pouco depois de escurecer, na mesma noite, Madame Deluc e seu filho mais velho ouviram os gritos de uma mulher nas proximidades do rio. Os gritos foram fortes, mas breves. Madame D. reconheceu não só o lenço achado no mato, como também o vestido descoberto no cadáver. Um condutor, Valence, depôs igualmente que vira Marie Rogêt atravessar o Sena, de barco, no domingo em questão, acompanhada por um rapaz moreno. Ele, Valence, conhecia Marie e não se enganaria com sua identidade. Os itens achados no mato foram plenamente reconhecidos por parentes de Marie.

As peças de provas e informações que reuni nos jornais, por sugestão de Dupin, só incluíam mais um ponto — mas era um ponto de muita importância. Parece que, imediatamente após a descoberta das roupas acima descritas, o corpo sem vida, ou quase, de St. Eustache, o namorado de Marie, foi achado na vizinhança do que era agora considerado o local do crime. Um vidrinho vazio com o rótulo "láudano" foi achado perto dele. Seu hálito indicava veneno. Morreu sem falar. Com ele foi achada uma carta afirmando brevemente seu amor por Marie e sua intenção de se matar.

— Acho que não preciso dizer-lhe — disse Dupin, ao terminar o exame de minhas anotações — que este é um caso muito mais intrincado do que o da rua Morgue, do qual difere num aspecto importante. Este é um caso de crime *comum*, embora atroz. Não há nada de singularmente exagerado nele. Você observará que, por essa razão, o mistério foi considerado fácil quando, em função disso, deveria ter sido considerado difícil. Assim, primeiro foi considerado desnecessário oferecer uma recompensa. Os ajudantes de G...

puderam entender imediatamente como e por que uma atrocidade como essa *poderia ter sido* cometida. Com suas imaginações, eles poderiam pensar num modo — muitos modos — e num motivo — muitos motivos; como não era impossível que algum desses numerosos modos e motivos *pudesse* ter sido o verdadeiro, eles assumiram que um deles *deveria* sê-lo. Mas a facilidade com que foram concebidas essas fantasias e a verdadeira plausibilidade que cada uma delas assumia deveriam ser entendidas como indicativas das dificuldades mais que as facilidades ligadas à explicação do mistério. Observei antes que é pelas saliências acima do plano do comum que a razão tateia seu caminho, se bem que, em sua busca pelo verdadeiro, e em casos como esse, a pergunta adequada não é tanto "o que aconteceu?", mas "o que aconteceu que nunca aconteceu antes?". Nas investigações na casa de Madame L'Espanaye, na rua Morgue, os agentes de G... se desestimularam e se confundiram pela própria *estranheza*, que para um intelecto devidamente regulado proporcionaria o mais certo prenúncio de sucesso, enquanto esse mesmo intelecto poderia mergulhar em angústia diante do caráter comum de tudo o que lhe era visível no caso da moça da perfumaria e que, porém, nada lhe indicava a não ser o fácil triunfo dos funcionários da polícia.

No caso de Madame L'Espanaye e sua filha, não havia, mesmo no começo da investigação, dúvida de que o crime fora cometido. A ideia de suicídio foi excluída imediatamente. Aqui também estamos livres, desde o início, de qualquer suposição de suicídio. O corpo achado na Barrière du Roule estava em tais circunstâncias que não deixaram nenhuma incerteza nesse ponto importante. Mas foi sugerido que o cadáver descoberto não é de Marie Rogêt, pela denúncia de cujo assassino, ou assassinos, é oferecida uma recompensa, em relação à qual foi acertado com o chefe de polícia nosso acordo. Nós dois conhecemos bem esse cavalheiro. Não devemos confiar muito nele. Se, datando nossas investigações do achado do cadáver, e daí seguindo o criminoso, descobrirmos que o corpo não é de Marie, mas de outra pessoa, ou se, partindo de Marie viva, descobrirmos a "vítima" não assassinada, em qualquer dos casos perderemos nosso trabalho; pois é com o sr. G... que teremos de tratar.

Portanto, para nosso objetivo, se não pelo propósito da justiça, é indispensável que nosso primeiro passo seja determinar a identidade do cadáver, se pertence a Marie Rogêt, que está desaparecida.

Para o público, os argumentos de *L'Étoile* tinham peso, e o fato de que o próprio jornal estava convencido de sua importância evidencia-se pela maneira com a qual começa um de seus textos sobre o assunto: "Vários matutinos de hoje falam do artigo *conclusivo* do *Étoile* de segunda-feira". Para mim esse artigo parece pouco conclusivo, a não ser quanto ao zelo de seu redator. Devemos ter em mente que, em geral, o objetivo de nossos jornais é sobretudo mais o de criar sensações — fazer barulho — do que o de progredir na causa da verdade. Esse último fim só é buscado quando coincide de alguma forma com o primeiro. A publicação que só se ajusta às opiniões comuns (por mais fundamentadas que essas opiniões sejam) não ganha muito crédito junto ao povo. A massa só considera profundo quem sugere *contradições pungentes* com ideias comuns. No raciocínio tanto quanto na literatura, é o *epigrama* que é universalmente apreciado e tem acolhida mais imediata. Em ambos, ele é o que está no mais baixo nível de merecimento. O que quero dizer é que a mistura de epigrama e melodrama da ideia de que Marie Rogêt ainda vive, mais do que qualquer verdadeira plausibilidade da ideia, foi o que a sugeriu para *L'Étoile*, e lhe garantiu uma recepção favorável do público. Vamos examinar os pontos principais da argumentação do jornal; tentaremos evitar a incoerência com que ela foi feita.

O primeiro objetivo do redator é mostrar, pela brevidade do intervalo entre o desaparecimento de Marie e o achado do cadáver flutuante, que esse cadáver não poderia ser de Marie. A redução desse intervalo à menor dimensão possível torna-se então, imediatamente, o objetivo do raciocinador. Na insensata busca disso, ele se lança desde o começo nas suposições. "É loucura imaginar", diz ele, "que o assassinato, se é que houve um assassinato, cometido nesse corpo poderia ter sido cometido bastante depressa, para capacitar seus assassinos a atirar o corpo no rio antes da meia-noite". Perguntamos, imediata e muito naturalmente: *por quê?* Por que é loucura supor que o crime foi cometido *dentro dos cinco minutos* seguintes à saída da moça da casa da mãe? Por que é loucura supor que o crime foi cometido em qualquer período determinado do dia? Há assassinatos em todas as horas. Mas, se o crime tivesse ocorrido em qualquer momento entre as nove horas da manhã de domingo e um quarto para a meia-noite, ainda haveria tempo suficiente para "atirar o corpo no rio antes da meia-noite". A suposição do jornal leva exatamente a isto: o assassinato não foi cometido absolutamente no domingo. Se deixarmos *L'Étoile* supor isso, poderemos permitir quaisquer liberdades a ele. O parágrafo começando por "É loucura supor que o crime etc.", embora apareça tal como foi impresso no jornal, pode ser imaginado como tendo existido realmente *assim* na mente do redator: "É loucura supor que o assassinato, se é que houve assassinato, cometido contra esse corpo poderia ter sido cometido bastante cedo para capacitar os assassinos a atirar o corpo no rio antes da meia-noite; é loucura, dizemos, supor tudo isso e supor, ao mesmo tempo (como nós resolvemos supor), que o corpo *não* foi atirado até *depois* da meia-noite" — uma frase suficientemente inconsequente em si, mas não tão completamente absurda quanto a que foi impressa.

— Se meu propósito fosse apenas — continuou Dupin — *deixar o caso de pé* contra esse trecho da argumentação de *L'Étoile*, eu poderia seguramente deixá-lo assim. Porém, não é com *L'Étoile* que temos de tratar, mas com a verdade. A frase em questão tal como se apresenta tem só um significado, e esse significado é o que já mencionei. Mas é necessário que olhemos por trás das simples palavras, em busca de uma ideia que essas palavras obviamente tentaram expressar e não conseguiram. Era o objetivo do jornalista dizer que, em qualquer período do dia ou da noite do domingo em que tivesse sido cometido esse crime, era improvável que os assassinos tivessem ousado lançar o cadáver no rio antes da meia-noite. E aí está realmente a afirmação que combato. Diz-se que o crime foi cometido em tal posição e sob circunstâncias tais, que se tornou necessário *levar o corpo ao rio*. Ora, o assassinato poderia acontecer na beira do rio ou no próprio rio, e assim a ideia de atirar o cadáver na água poderia ter surgido em qualquer período do dia ou da noite, como o mais óbvio e imediato meio de se dispor do corpo. Você entenderá que não sugiro nada aqui como provável ou tão coincidente com minha opinião. Meu objetivo, até agora, não tem relação com os *fatos* do caso. Gostaria simplesmente de deixar você com um pé atrás contra todo o tom da *sugestão* de *L'Étoile*, chamando sua atenção para o caráter parcial dela desde o começo.

Tendo traçado assim um limite para servir suas próprias noções preconcebidas, aceitando-se que, se esse é o corpo de Marie, ele poderia ter estado na água apenas por um tempo breve, o jornal continua:

Toda a experiência mostra que corpos afogados, ou corpos lançados à água imediatamente após a morte por violência, exigem de seis a dez dias para uma decomposição suficiente para trazê-los de volta à superfície da água. Mesmo quando se dá um tiro de canhão contra um cadáver e ele volta antes de pelo menos cinco ou seis dias de imersão, ele irá afundar novamente, se deixado à deriva.

— Essas afirmativas foram acolhidas tacitamente por todos os jornais de Paris, com exceção de *Le Moniteur*. Esse último tenta combater aquela parte do parágrafo que se refere apenas a "corpos afogados", citando cinco ou seis exemplos em que os corpos de pessoas consideradas afogadas foram encontrados boiando após um intervalo de tempo menor que o defendido por *L'Étoile*. Mas há algo de excessivamente antifilosófico na tentativa de *Le Moniteur* de refutar a afirmativa geral de *L'Étoile*, quando cita determinados exemplos que agiam contra essa afirmação. Se fosse possível acrescentar cinquenta em vez de cinco exemplos de corpos encontrados boiando ao fim de dois ou três dias, esses cinquenta exemplos ainda poderiam ser perfeitamente considerados exceções à regra de *L'Étoile*, até que a própria regra pudesse ser refutada. Admitindo-se a regra (e isso *Le Moniteur* não nega, insistindo apenas sobre suas exceções), o argumento de *L'Étoile* continua com plena força, pois não pretende envolver mais do que a questão da *probabilidade* de o corpo surgir na superfície em menos de três dias. E essa probabilidade estaria a favor da posição de *L'Étoile* até que os exemplos tão infantilmente citados fossem suficientes para se estabelecer uma regra contrária.

Você verá logo que todo argumento a esse respeito deveria ser lançado contra a própria regra. Para esse fim, devemos analisar o *rationale* da regra. Ora, o corpo humano, em geral, não é muito mais leve nem muito mais pesado que a água do Sena; isto é, a gravidade específica do corpo humano, em seu estado natural, é quase igual à massa de água doce que ele desloca. Os corpos das pessoas gordas e carnudas, de ossos pequenos, e de mulheres, em geral, são mais leves que os das pessoas magras e de ossos grandes, e os dos homens. A gravidade específica de um rio é de alguma maneira influenciada pela presença do fluxo marítimo. Porém, deixando a maré de lado, pode-se dizer que *pouquíssimos* corpos humanos afundarão, mesmo na água doce, *por si mesmos.* Quase todos, ao cair num rio, conseguirão flutuar, se deixarem que a gravidade específica da água se coloque perfeitamente em equilíbrio com a sua, ou seja, se suportarem que o corpo fique totalmente imerso, com a mínima exceção possível. A posição mais adequada para quem não sabe nadar é a posição ereta de quem anda na terra, com a cabeça jogada bem para trás, e imersa, só deixando para fora a boca e as narinas. Nessas circunstâncias, veremos que boiamos sem dificuldade e esforço. É claro, porém, que as gravidades do corpo e da massa de água deslocada têm um equilíbrio muito delicado e uma coisa de nada pode fazer com que uma delas predomine. Um braço, por exemplo, erguido fora da água e, portanto, sem ter seu equivalente é um peso adicional suficiente para imergir toda a cabeça, enquanto a ajuda casual de um pequeno pedaço de madeira nos permitirá elevar a cabeça, para olhar em torno. Ora, nos esforços de alguém não acostumado a nadar os braços são invariavelmente atirados para o alto, ao mesmo tempo em que se faz uma tentativa para manter a cabeça em sua posição perpendicular habitual. O resultado é a imersão da boca e das narinas e a entrada de água nos pulmões, durante as tentativas de respirar sob a superfície. Muita água também é recebida pelo estômago e o corpo inteiro se torna mais pesado, por causa da diferença entre o peso do ar, que anteriormente distendia aquelas cavidades, e o do líquido que então as enche. A diferença é suficiente para levar o corpo a afundar, como regra geral. Mas é insuficiente no caso de pessoas de

ossos pequenos e com uma quantidade anormal de carne flácida ou gorda. Tais indivíduos boiam mesmo depois de afogados.

Supondo que o cadáver esteja no fundo do rio, ali ficará até que, por algum motivo, sua gravidade específica de novo se torne menor que a do volume de água que desloca. Tal efeito é provocado ora pela decomposição, ora por outro meio. O resultado da decomposição é a geração de gás, que distende os tecidos celulares e todas as cavidades, dando aos cadáveres o aspecto inchado que é tão horrível. Quando essa distensão aumenta de tal modo que o volume do cadáver é sensivelmente maior, sem aumento correspondente de *massa* ou peso, sua gravidade específica torna-se menor do que a da água deslocada e ele aparece imediatamente na superfície. Contudo, a decomposição é modificada por várias circunstâncias, é apressada ou retardada por diversos fatores. Por exemplo, pelo calor ou pelo frio da estação, pela impregnação mineral ou pela pureza da água, por sua maior ou menor profundidade, pela correnteza ou pela estagnação, pela temperatura do corpo, por sua infecção ou por não estar doente antes da morte. Assim, é evidente que não podemos marcar tempo exato para o cadáver subir, em consequência da decomposição. Em certas circunstâncias, esse resultado poderá se processar em uma hora; sob outras, pode não acontecer de maneira nenhuma. Há infusões químicas por meio das quais o sistema animal pode ser preservado *para sempre* da decomposição: o bicloreto de mercúrio é uma delas. Mas, além da decomposição, pode haver, e geralmente há, geração de gás dentro do estômago, pela fermentação acética de substâncias vegetais (ou dentro de outras cavidades e por outras causas), bastante para originar uma distensão que levará o corpo à superfície. O efeito produzido pelo disparo de um canhão é o de simples vibração. Ele pode fazer o cadáver desprender-se da lama macia ou da vasa em que está atolado, permitindo assim que suba, quando outros fatores já o prepararam para isso; ou pode vencer a tenacidade de algumas partes em putrefação do tecido celular, permitindo que as cavidades se distendam sob influência do gás.

Tendo assim, diante de nós, toda a filosofia do caso, podemos facilmente verificar por ela as afirmativas de *L'Étoile.* "Toda a experiência demonstra", diz o jornal, "que corpos afogados, ou corpos lançados à água imediatamente depois de sua morte violenta, precisam de seis a dez dias para que aconteça uma decomposição suficiente para trazê-los de volta à superfície da água. Mesmo quando se dá um tiro de canhão num cadáver, e ele sobe antes de pelo menos cinco ou seis dias de imersão, ele irá afundar novamente, se deixado à deriva".

Todo esse parágrafo deve parecer agora um monte de inconsequência e de incoerência. Toda a experiência não nos mostra que "corpos afogados" precisam de seis a dez dias para que aconteça uma decomposição suficiente para que eles subam à superfície. Mas a ciência e a experiência mostram que o período de sua subida é, e deve necessariamente ser, indeterminado. Se, além disso, um corpo subir em consequência de um tiro de canhão, ele *não* "irá afundar novamente, se deixado à deriva", até que a decomposição tenha aumentado a tal ponto que permita o escapamento dos gases gerados. Mas gostaria de chamar sua atenção para a distinção que é feita entre "corpos afogados" e "corpos lançados à água imediatamente após uma morte violenta". Embora o redator admita a distinção, inclui, entretanto, todos na mesma categoria. Demonstrei como acontece que o corpo de um homem que se afoga fica especificamente mais pesado do que seu volume de água e que ele não afundará totalmente, a não ser que lute, elevando os braços acima da superfície da água, e faça esforços para respirar enquanto está embaixo da água, esforços que trocam por água o lugar do ar nos seus pulmões. Mas esta luta e estes esforços não acontecem no corpo "lançado à água" imediatamente depois de sua morte violenta". Assim, neste último caso, o corpo, *como regra geral, não afundará totalmente,* fato que *L'Étoile* obviamente ignora. Quando a decomposição chegou a um ponto bem adiantado, quando a carne já se soltou em grande parte dos ossos, então, realmente, mas não *até então,* o corpo desaparece da nossa vista.

E o que faremos do argumento de o corpo encontrado não poder ser o de Marie Rogêt porque foi achado boiando apenas três dias depois? Por ser mulher, se foi afogada, nunca poderia afundar, ou, tendo afundado, iria reaparecer em vinte e quatro horas, ou menos. Mas ninguém supõe que ela tenha sido afogada e, morrendo antes de ter sido lançada ao rio, poderia ter sido achada flutuando, em qualquer momento posterior.

Mas, diz *L'Étoile*, "se o corpo tivesse sido conservado no seu estado de deterioração até a noite de terça-feira, seria encontrado na praia algum sinal dos assassinos". É difícil perceber inicialmente a intenção do raciocinador. Ele pretende antecipar o que imagina ser uma objeção à sua teoria, ou seja, que o corpo foi conservado na praia dois dias, sofrendo rápida decomposição — *mais* rápida do que se estivesse mergulhado na água. Supõe que, se esse fosse o caso, o corpo *deveria* ter aparecido à tona na quarta-feira e pensa que só em tais circunstâncias ele poderia ter aparecido. Portanto, apressa-se em mostrar que o corpo não estava colocado na praia, pois se estivesse "seria encontrado na praia algum sinal dos assassinos". Presumo que você vai sorrir com o que se segue. Você não pode ver como a simples *permanência* do corpo na praia poderia agir para *multiplicar* sinais dos assassinos. Nem eu.

Além disso, é excessivamente improvável, continua o jornal, que os bandidos que cometeram um assassinato como esse tenham atirado o cadáver sem um peso para afundá-lo, precaução que poderia ter sido facilmente tomada. Observe aqui a engraçada confusão de pensamento! Ninguém — nem mesmo *L'Étoile* — discute o fato de o assassinato ter sido cometido no corpo achado. Os sinais de violência são evidentes demais. O objetivo do raciocinador é mostrar que o corpo não é de Marie. Ele deseja provar que Marie não foi assassinada — não que o cadáver não o foi. Porém, sua observação só demonstra esse último ponto. Eis um cadáver sem peso amarrado. Os assassinos, ao jogá-lo, não deixariam de ter amarrado um peso. Logo, ele não foi lançado ao rio por assassinos. É tudo o que fica provado, se é que alguma coisa fica. A questão da identidade nem é tratada e *L'Étoile* teve grandes problemas apenas para desmentir agora o que era admitido um momento antes. "Estamos perfeitamente convencidos", diz, "que o corpo achado era o da mulher assassinada".

Não é o único exemplo, mesmo nessa parte do caso, em que nosso raciocinador argumenta involuntariamente contra si próprio.

Seu objetivo evidente é o de reduzir, como já mencionei, o máximo possível o intervalo entre o desaparecimento de Marie e o achado do cadáver. Porém, nós o vemos insistindo no ponto em que ninguém viu a moça, desde que ela deixou a casa da mãe. "Não temos provas", diz ele, "de que Marie Rogêt estava na terra dos vivos após as nove horas de 22 de junho, domingo". Como seu argumento é claramente parcial, ele pelo menos poderia ter deixado esse assunto de lado, pois, se soubesse de alguém que tivesse visto Marie, digamos na segunda, ou na terça, o intervalo em questão teria sido muito reduzido ou, de acordo com seu próprio raciocínio, estaria muito diminuída a probabilidade de o cadáver ser da *grisette*. Contudo, é divertido observar que *L'Étoile* insiste nesse ponto, acreditando plenamente que ajudará seu argumento em geral.

Examine outra vez aquela parte do argumento que se refere à identificação do corpo por Beauvais. Em relação ao pelo no braço, *L'Étoile* agiu de má-fé. Não sendo um idiota, o sr. Beauvais nunca apresentaria como identificação do cadáver apenas o pelo no braço. Nenhum braço é sem pelo. A generalidade da expressão de *L' Étoile* é uma simples perversão da fraseologia da testemunha. Ele deve ter falado de alguma peculiaridade desse pelo. Deve ter sido uma peculiaridade de cor, de quantidade, de comprimento ou de posição.

"Seu pé", diz o jornal, "era pequeno — como milhares de pés. Suas ligas não provam nada — nem seus sapatos, pois sapatos e ligas são vendidos aos montes. O mesmo pode ser dito das flores do seu chapéu. Uma coisa em que o sr. Beauvais insiste firmemente é que a fivela achada na liga tinha sido puxada para trás, para apertá-la. Isso não leva a nada, pois a maioria das mulheres acha mais conveniente levar um par de ligas para casa, e adaptar ao tamanho das pernas que devem prender, do que experimentar nas lojas onde as compram". É difícil supor aqui que o raciocinador esteja falando sério. Se o sr. Beauvais, em sua busca pelo corpo de Marie, tivesse descoberto um cadáver semelhante em tamanho e aparência ao da moça sumida, estaria autorizado (sem se referir à questão das roupas) a formar uma opinião de que a busca fora bem-sucedida. Se, além dos itens do tamanho e da aparência, tivesse encontrado no braço uma formação capilar peculiar que observara na Marie viva, sua opinião poderia fortalecer-se com razão. O aumento de certeza poderia estar na razão direta da peculiaridade, ou raridade, da marca do pelo. Se, sendo pequenos os pés de Marie, os do cadáver também fossem, o aumento da probabilidade de que o corpo fosse de Marie mostraria um aumento de razão não simplesmente aritmética, mas de razão altamente geométrica, ou acumulativa. Juntem-se a tudo esses sapatos iguais aos que ela realmente usou no dia do seu desaparecimento e, embora esses sapatos possam ser "vendidos aos montes", a probabilidade aumenta, a ponto de chegar aos limites da certeza. O que, por si mesmo, não seria prova de identidade torna-se, por meio da corroboração, a prova mais segura. Deem-nos, então, flores de chapéus correspondentes às usadas pela moça desaparecida, e não precisaremos procurar nada mais. Apenas *uma* flor, e não procuraremos nada mais — e se fossem duas, ou três, ou mais? Cada unidade seguinte é uma prova multiplicadora — prova não *somada* à prova, mas *multiplicada* por centenas ou milhares. Vamos descobrir, na vítima, ligas como as que a viva usava, e é quase bobagem prosseguir. Mas descobriu-se que essas ligas estavam apertadas pelo repuxamento de uma fivela, como foram as de Marie, pouco antes de deixar sua casa. É agora loucura ou hipocrisia duvidar. O que *L'Étoile* diz a respeito de esse repuxamento da liga ser um fato comum nãos nos mostra nada além de sua pertinácia no erro. A natureza elástica de uma liga de fivela é a própria demonstração da raridade do encurtamento. O que é feito para ajustar-se por si mesmo só por necessidade deve precisar de um ajustamento externo, mas raramente. Deve ter sido por um acidente, no sentido mais estrito, que as ligas de Marie precisaram do encurtamento descrito. Elas por si sós deveriam ter estabelecido amplamente sua identidade. Mas o cadáver não foi achado com as ligas da moça desaparecida, ou achado com seus sapatos, ou seu chapéu, ou as flores do chapéu, ou seus pés, ou uma marca peculiar no braço, ou seu tamanho e aparência em geral. O corpo tinha cada uma dessas coisas — *e todas*. Se eu pudesse provar que o redator do *L'Étoile* tinha *realmente* uma dúvida nessas circunstâncias, não precisaria, no seu caso, de uma comissão *de lunatico inquirendo*. Ele pensou ser sagaz repercutir o falatório dos advogados que, na maior parte, se contentam em

ecoar os preceitos “quadrados” dos tribunais. Eu gostaria de observar aqui que muito do que é rejeitado como prova por um tribunal é a melhor das evidências para a inteligência. Porque o tribunal, guiando-se pelos princípios gerais da prova — os princípios reconhecidos e *livrescos* —, mostra-se contrário a inclinar-se em favor de provas particulares. E essa firme adesão aos princípios com severo desprezo pela exceção contraditória é maneira segura de atingir o máximo da verdade atingível, em qualquer sequência longa de tempo. A prática, *em massa*, é por isso filosófica, mas não é menos certo que provoca um amplo erro individual*.

Quanto às insinuações levantadas contra Beauvais, você poderia deixá-las de lado com um sopro. Você já sondou o verdadeiro caráter desse bom cavalheiro. Ele é um *enxerido*, com muito de romântico e pouco de juízo. Qualquer pessoa constituída desse modo logo se comportará dessa maneira, em qualquer ocasião de agitação real, tornando-se alvo de suspeita por parte dos muito perspicazes ou dos mal-intencionados. Como aparece em suas anotações, o sr. Beauvais teve alguns contatos pessoais com o redator de *L' Étoile* e ofendeu-o, oferecendo uma opinião de que o cadáver, apesar da teoria do redator, era, sem dúvida nenhuma, de Marie. “Ele persiste”, diz o jornal, “em afirmar que o corpo é de Marie, mas não apresenta uma circunstância, além daquelas que já comentamos, para fazer com que os outros acreditem”. Ora, sem nos referirmos outra vez ao fato de que a prova mais forte “para fazer com que os outros acreditem” nunca poderia ter sido expressa, podemos notar que um homem pode muito bem ser levado a acreditar, num caso desse tipo, sem a capacidade de apresentar uma única razão para que uma segunda parte acredite nele. Nada é mais vago do que as impressões sobre a identidade individual. Cada homem reconhece seu vizinho, mas há poucos exemplos em que alguém esteja preparado para *dar a razão* desse reconhecimento. O redator de

---

* Uma teoria baseada nas qualidades de um objeto não poderá se desdobrar de acordo com seus objetivos; quem arranja fatos em relação a suas causas deixará de os avaliar segundo seus resultados. Assim, a jurisprudência de cada nação mostrará que, quando a lei se torna uma ciência e um sistema, deixa de ser justiça. Os erros aos quais uma devoção cega aos princípios de classificação tem levado a lei comum serão vistos, observando-se como muitas vezes a legislação tem sido obrigada a intervir para restaurar a imparcialidade perdida por suas fórmulas. (Landor).

L'Étoile não tinha o direito de se considerar ofendido pela crença irracional do sr. Beauvais.

As circunstâncias suspeitas que o cercam são muito mais coerentes com minha hipótese de *experimento romântico* do que com a sugestão de culpa do raciocinador. Ao se adotar a interpretação mais caridosa, não haverá dificuldades em compreender a rosa no buraco da fechadura; o "Marie" na lousa; o tirar do caminho os parentes masculinos e a aversão a permitir que eles vissem o corpo; a advertência feita à senhora B... de que ela não deveria falar com o gendarme até a volta dele (Beauvais); e, finalmente, sua determinação aparente "de que ninguém tratasse do processo além dele". Parece inegável que Beauvais era apaixonado por Marie, que ela retribuía suas atenções, que sua ambição era fazer acreditar que tinha a mais completa intimidade e confiança dela. Não direi mais coisa alguma sobre essa questão. Como os testemunhos refutam plenamente as afirmativas de *L'Étoile* sobre o caso da *apatia* por parte da mãe e de outros parentes — apatia inconsistente com a suposição de eles acreditarem que o cadáver fosse da moça da perfumaria —, continuaremos agora como se a questão da *identidade* estivesse plenamente resolvida.

— E o que — perguntei — você acha das opiniões de *Le Commerciel*?

— Acho que, em essência, são muito mais dignas de atenção do que quaisquer outras já publicadas sobre o assunto. As deduções das premissas são filosóficas e agudas, mas as premissas, em dois casos, pelo menos, baseiam-se em observações imperfeitas. *Le Commerciel* quer insinuar que Marie foi capturada por alguma quadrilha de marginais ordinários, perto da porta da casa de sua mãe. "É impossível", insiste, "que uma pessoa tão conhecida por milhares de pessoas, como a moça em questão, tenha passado por três quarteirões sem ninguém tê-la visto". Essa é a ideia de um homem que mora há muito em Paris — um homem público — e cujas andanças para cá e para lá na cidade tenham se limitado, na maioria, às vizinhanças das repartições públicas. Sabe que *ele* raramente anda mais de doze quarteirões, desde seu próprio escritório, sem ser reconhecido e abordado. Sabendo da extensão do seu conhecimento pessoal com os demais, e dos outros com ele, compara sua celebridade à da moça da perfumaria. Não vê grande diferença entre elas e chega imediatamente à conclusão de que Marie, em suas andanças, seria reconhecida como ele é. Isso só poderia ocorrer se os passeios dela fossem da mesma natureza invariável e metódica, e dentro das mesmas *espécies* de região limitada, como os dele. Ele anda para lá e para cá, a intervalos regulares, dentro de uma área limitada, cheia de indivíduos levados a observar sua pessoa, pelo interesse da afinidade natural de sua atividade com a deles próprios. Mas as andanças de Marie podem ser consideradas, em geral, sem rumo certo. Nesse caso particular, pode-se compreender como mais provável que ela pegou um caminho mais do que normalmente diferente dos seus passeios comuns. O paralelo que imaginamos ter existido no pensamento de *Le Commerciel* só poderia ser sustentado no caso de dois indivíduos que atravessassem a cidade inteira. Neste caso, admitindo que os conhecimentos pessoais sejam iguais, as oportunidades também seriam iguais de que um número idêntico de encontros pessoais acontecesse. Para mim, não só é possível, como bem mais do que provável, que Marie pudesse ter ido, em dado momento, por qualquer um dos caminhos entre sua casa e a da sua tia, sem encontrar uma só pessoa conhecida, ou por quem fosse reconhecida. Examinando essa questão sob uma luz plena e adequada, devemos manter firmemente na mente a grande desproporção entre os conhecimentos pessoais até mesmo do mais conhecido indivíduo de Paris e os da população total da cidade.

Mas, seja qual for a força que ainda possa haver na sugestão de *Le Commercial*, ela é muito reduzida quando tomamos em conta a hora em que a moça saiu. "Ela saiu quando as ruas estavam cheias de gente", diz *Le Commerciel*. Mas não foi assim. Eram nove horas da manhã. Bem, às nove horas de todas as manhãs, durante a semana, com exceção do domingo, as ruas da cidade estão, sem dúvida, cheias de gente. Às nove horas dos domingos, a população está principalmente dentro de casa, preparando-se para ir à igreja. Nenhuma pessoa observadora pode ter deixado de notar o ar caracteristicamente deserto da cidade, desde cerca de oito até as dez da manhã de cada domingo. Entre dez e onze, as ruas estão apinhadas, mas não tão cedo como na hora designada.

Há outro ponto em que parece haver uma deficiência de observação por parte de *Le Commerciel*. "Um pedaço", diz o jornal, "de um dos saiotes da pobre moça, de 60 cm de comprimento e 30 cm de largura, foi arrancado e amarrado sob seu queixo, com um nó na nuca, provavelmente para impedir gritos. Isso foi feito por gente que não tinha lenços". Tentaremos ver depois se essa ideia está bem fundamentada ou não, mas com "gente que não tinha lenços" o redator insinua que seja a mais baixa classe de marginais. Mas esses são o próprio tipo de gente que sempre tem um lenço, mesmo quando não tem camisa. Você deve ter tido ocasião de observar como, em anos recentes, o lenço se tornou indispensável para os delinquentes.

— E o que devemos pensar — perguntei — do artigo publicado em *Le Soleil*?

— Que pena seu redator não ter nascido papagaio, pois ele teria sido o papagaio mais ilustre de sua raça. Ele simplesmente repetiu os pormenores individuais das opiniões já publicadas, reunindo-as, com habilidade louvável, de um jornal e de outro. "Os objetos", diz ele, "ficaram *evidentemente* lá, durante pelo menos três ou quatro semanas. [...] Não há dúvida, portanto, de que o local do espantoso ultraje foi descoberto". Os fatos aqui repetidos por *Le Soleil* estão muito longe de tirar minhas dúvidas sobre o caso e iremos examiná-los mais particularmente com relação a outra parte do assunto.

Agora vamos nos ocupar de outras investigações. Você não pode ter deixado de notar a extrema displicência do exame do cadáver. Sem dúvida, a questão da identidade foi determinada prontamente, ou deveria ter sido. Mas havia outros pontos a serem examinados. Tinha sido o corpo *despojado* de alguma maneira? A morta usava algumas joias ao sair de casa? Em caso afirmativo, estava com alguma ao ser encontrada? Essas são perguntas importantes, absolutamente negligenciadas pelo inquérito. E há outras, igualmente importantes, que não receberam atenção. Vamos tentar nos satisfazer com uma investigação pessoal. O caso de St. Eustache precisa ser reexaminado. Não tenho suspeitas contra ele, mas vamos proceder com método. Verificaremos, com todo o cuidado, a validade dos seus álibis, com relação aos lugares onde esteve no domingo. Álibis dessa natureza tornam-se logo objeto de mistificação. Se nada encontrarmos de suspeito aqui, afastaremos St. Eustache de nossas investigações. Porém, seu suicídio pode confirmar suspeitas, no caso de haver falhas nos álibis, e não seria uma circunstância inexplicável ou que nos levaria a desvios de nossa linha de análise comum, sem tal falsidade.

Agora proponho que descartemos os pontos interiores dessa tragédia e concentremos nossa atenção nos seus contornos exteriores. É um erro comum, em investigações como esta, limitar a pesquisa ao imediato, com desprezo total pelos acontecimentos ou circunstâncias colaterais. É um mau costume dos tribunais confinar a instrução e a discussão aos limites da relação aparente. Porém, a experiência tem mostrado e uma filosofia verdadeira sempre mostrará que uma ampla, e talvez a maior, porção da verdade irrompe das coisas aparentemente sem relação com o caso. É pelo espírito desse princípio, se não precisamente pela sua enunciação, que a ciência moderna tem resolvido *calcular sobre o imprevisto*. Mas talvez você não me compreenda. A história do conhecimento humano tem mostrado tão constantemente que devemos aos acontecimentos colaterais, fortuitos ou acidentais, as mais numerosas e as mais valiosas descobertas, que se tornou afinal necessário, na perspectiva do progresso futuro, fazer não apenas grandes, mas as maiores concessões às invenções que surgem por acaso, e completamente fora das previsões ordinárias. Já não é filosófico basear-se no que tem sido uma visão do que deve ser. O *acidente* é admitido como uma parte da subestrutura. Fazemos do acaso matéria de cálculo absoluto. Sujeitamos o inesperado e o imaginado às fórmulas matemáticas das escolas.

Repito que é nada mais que fato que essa porção *maior* de toda a verdade surgiu do colateral, e é simplesmente de acordo com o espírito do princípio implicado nesse fato que eu gostaria de desviar o inquérito, no presente caso, do terreno já percorrido e até agora infrutífero do próprio acontecimento para o das circunstâncias simultâneas que o rodeiam. Enquanto você verificar a validade dos álibis, examinarei os jornais de modo mais abrangente do que você tem feito até agora. Até aqui, só temos feito o reconhecimento do campo da investigação. Mas será estranho, realmente, se um exame abrangente, como o que proponho, dos jornais não nos proporcionar algumas pequenas informações que estabelecerão um *rumo* para o inquérito.

Seguindo a sugestão de Dupin, fiz um exame minucioso do caso dos álibis. O resultado foi uma firme convicção da sua validade, e da consequente inocência de St. Eustache. Enquanto isso, meu amigo se ocupava com o que parecia para mim uma minúcia completamente supérflua ao examinar vários arquivos de jornal. No fim de uma semana, ele colocou diante de mim os seguintes trechos:

Há cerca de três anos e meio, uma agitação bem semelhante à atual foi causada pelo desaparecimento da mesma Marie Rogêt, da perfumaria do senhor Le Blanc, no Palais Royal. Porém, no fim de semana, ela reapareceu no seu balcão habitual, do mesmo jeito de sempre, com exceção de uma leve palidez que não lhe era comum. Foi informado pelo sr. Le Blanc e pela mãe que ela simplesmente estivera visitando uma amiga no campo. O caso foi rapidamente esquecido. Presumimos que a ausência atual seja uma farsa da mesma natureza e que, terminada a semana, ou talvez o mês, nós a teremos por aqui outra vez. — Jornal vespertino, segunda-feira, 23 de junho.

Um jornal vespertino de ontem refere-se a um antigo desaparecimento misterioso da senhorita Rogêt. É bem sabido que, durante a semana de sua ausência da perfumaria de Le Blanc, ela estava em companhia de um jovem oficial de marinha, muito conhecido por sua devassidão. Supôs-se que, providencialmente, uma briga a fez voltar para casa. Temos o nome do Lotário em questão, que atualmente está de serviço em Paris, mas, por razões óbvias, deixamos de torná-lo público — Le Mercure, *terça-feira, 24 de junho.*

Um crime do caráter mais atroz foi cometido perto desta cidade anteontem. Um cavalheiro, com sua esposa e filha, contratou, por volta do crepúsculo, os serviços de seis rapazes, que estavam remando preguiçosamente num bote para um lado e para o outro, perto das mar-

gens do Sena, para atravessar o rio. Ao chegar à margem oposta, os três passageiros desembarcaram e já se tinham afastado do barco quando a filha descobriu que nele deixara sua sombrinha. Voltou para buscá-la, foi dominada pela quadrilha, carregada sobre o rio, amordaçada, brutalmente tratada e finalmente levada à praia num ponto perto daquele onde entrara no barco com os pais. Os marginais escaparam, mas a polícia já está na sua pista e algum deles será preso em breve. — Jornal matutino, 25 de junho.

Recebemos uma ou duas denúncias cuja finalidade é atribuir a Mennais o crime da última atrocidade cometida, mas, como esse cavalheiro foi plenamente absolvido por um inquérito legal, e como os argumentos de nossos vários correspondentes parecem ser mais cheios de zelo do que de profundidade, preferimos não torná-las públicas. — Jornal matutino, 28 de junho.*

Recebemos várias mensagens, redigidas com vigor e aparentemente de várias procedências, que levam a ter como coisa certa o fato de a infeliz Marie Rogêt ter sido vítima de um dos numerosos bandos de marginais que infestam os arredores da cidade aos domingos. Nossa própria opinião é decididamente a favor dessa hipótese. Trataremos em breve de expor aqui alguns desses comunicados. — Jornal vespertino, terça-feira, 31 de junho.

Na segunda-feira, um dos barqueiros ligados ao serviço fiscal viu um barco vazio descendo a correnteza do Sena. As velas estavam no fundo do barco. O barqueiro levou-o até o escritório de sua empresa de navegação. Na manhã seguinte, o barco fora levado dali, sem conhecimento de nenhum dos funcionários. O leme ficou no escritório. — Le Diligence, *quinta-feira, 26 de junho.*

Após ler os vários trechos, eles não só me pareceram irrelevantes, como também não consegui arranjar uma forma de relacioná-los com o assunto em questão. Esperei que Dupin me explicasse.

— Não é meu objetivo atual — disse ele — ficar *morando* em cima do primeiro e do segundo desses trechos. Copiei-os sobretu-

* Mennais foi uma das pessoas originalmente tidas como suspeitas e foi preso, mas libertado por falta total de provas.

do para lhe mostrar a negligência extrema da polícia, que, a se acreditar no que o chefe de polícia disse, não se preocupou nem um pouco em interrogar o oficial naval citado aqui. Pois seria loucura dizer que não existe uma *provável* relação entre a primeira e a segunda desaparição de Marie. Vamos admitir que a primeira fuga resultou numa briga entre os namorados e na volta para casa da traída. Agora estamos preparados para examinar uma segunda *fuga* (se *sabemos* que aconteceu uma nova fuga) como indicativa de uma renovação de tentativas por parte do traidor, mais do que como resultado de novas propostas da parte de um segundo indivíduo (estamos dispostos a encará-la como uma "volta às boas" de um velho amor, em vez do começo de outro. As probabilidades são de dez para uma de que aquele que há tempos fugira com Marie propusesse nova fuga, e não de que Marie, a quem tinham sido feitas propostas de fuga por um indivíduo, as aceitasse de outro. E deixe-me chamar a atenção para o fato de o tempo decorrido, entre a primeira e a segunda fuga, ser de poucos meses mais do que a duração geral dos cruzeiros de nossos navios de guerra. Teria sido o amante interrompido na sua primeira infâmia pela necessidade de partir para bordo, e teria ele aproveitado a primeira oportunidade de seu regresso para renovar suas vis tentativas, ainda não de todo realizadas — ou não ainda de todo realizadas *por ele*? Nada sabemos de tudo isso.

Você dirá, porém, que no segundo caso *não* houve uma fuga como imaginamos. Certamente não, mas estamos preparados para dizer que esse não havia sido um plano frustrado? Além de St. Eustache, e talvez Beauvais, não sabemos de namorados de Marie, reconhecidos, declarados, respeitáveis. Não se diz nada de nenhum outro. Quem é esse amante secreto, pergunto, de quem os parentes (*pelo menos a maior parte deles*) nada sabem, mas que Marie encontra na manhã do domingo, pelo qual sente tanta confiança que não hesita em ficar com ele até a chegada das sombras da noite, entre os bosquezinhos solitários da Barrière du Roule? Quem é esse amante secreto, pergunto, de quem, pelo menos, a *maior parte* dos parentes nada sabe? E o que significa a profecia singular de Madame Rogêt na manhã da partida de Marie — "Receio que nunca mais verei Marie"?

Mas, se não pudermos imaginar Madame Rogêt ciente do projeto de fuga, não poderemos pelo menos supor que essa fosse a intenção da moça? Ao sair de casa, ela deu a entender que iria visitar sua tia na rua des Drômes e St. Eustache foi encarregado de buscá-la à noite. Agora, à primeira vista, esse fato se levanta firmemente contra minha sugestão, mas vamos pensar nisso. É sabido que ela realmente encontrou alguém, foi com ele cruzar o rio, chegou à Barrière du Roule numa hora bem tardia, três da tarde. Mas, ao consentir em acompanhar essa pessoa (*com uma intenção qualquer, conhecida ou desconhecida de sua mãe*), ela devia ter pensado na intenção que anunciara ao sair de casa, e na surpresa e na suspeita que despertaria no coração do seu noivo, St. Eustache, quando ele a fosse procurar, na hora acertada, na rua des Drômes e descobrisse que ela não estivera ali e quando, além disso, ao voltar à pensão, com essa alarmante informação, viesse a saber que ela continuava fora de casa. Ela deveria ter pensado nessas coisas, repito. Deve ter previsto a tristeza de St. Eustache, a desconfiança de todos. Poderia não ter pensado em voltar, para enfrentar a suspeita, mas isso se tornou um ponto de pouca importância para ela, se supusermos que não tinha a intenção de voltar.

Podemos imaginá-la pensando assim: "Vou encontrar certa pessoa, com a ideia de fugir, ou para algum outro fim que só eu conheço. É preciso que não haja chance de interrupção — deve haver tempo bastante para escapar à perseguição —, então direi que vou visitar minha tia na rua des Drômes e passar o dia com ela, direi para St. Eustache só ir me buscar à noite. Dessa forma, minha ausência de casa pelo maior período possível, sem causar suspeitas ou ansiedade, terá explicação e ganharei mais tempo do que de qualquer outra forma. Se pedir a St. Eustache para me buscar à noite, certamente ele não irá me buscar antes; mas, se me esquecer completamente de lhe pedir que vá me buscar, meu tempo para a fuga diminuirá, já que é de esperar que eu volte mais cedo e minha ausência mais cedo ainda provocará inquietação. Ora, se fosse minha intenção voltar *de qualquer modo*, se pretendesse apenas dar um passeio com o indivíduo em questão, não seria boa política pedir a St. Eustache para ir buscar-me, pois se ele fosse descobriria, com toda a certeza, que eu o havia enganado, um fato do qual eu poderia deixá-lo sempre na ignorância, saindo de casa sem informá-lo da minha intenção, voltando antes do escurecer e contando então que estivera visitando minha tia na rua des Drômes. Mas, como minha intenção é não voltar mais — ou por algumas semanas —, ou não até que certas coisas possam ficar ocultas, ganhar tempo é a única questão com a qual preciso me preocupar".

Você observou, nas suas notas, que a opinião mais geral com relação a esse triste caso é, e foi desde o começo, que a moça fora vítima de um bando de marginais. Ora, a opinião popular, sob certas condições, não deve ser descartada. Quando surge por si mesma, manifestando-se de maneira estritamente espontânea, devemos encará-la como análoga à intuição que é a idiossincrasia do homem de gênio. Em noventa e nove casos em cem, eu me ateria a suas decisões. Mas é importante que não achemos nenhum sinal palpável de sugestão. A opinião deve ser rigorosamente a própria opinião pública? A distinção é frequentemente muito difícil de perceber e manter. No exemplo atual, parece-me, esta "opinião pública" a respeito de uma quadrilha influenciou-se demais pelo fato colateral do que é detalhado no terceiro dos meus trechos. Toda Paris está excitada pela descoberta do cadáver de Marie, uma jovem bela e conhecida. O cadáver é achado, mostrando marcas de violência e boiando no rio. Mas soube-se que, na mesma ocasião, ou quase na mesma ocasião, em que se supõe que a moça tenha sido assassinada, um crime de natureza semelhante ao sofrido pela morta, embora de menor repercussão, foi cometido por uma quadrilha de jovens marginais contra a pessoa de uma segunda jovem. É de surpreender que o primeiro crime conhecido tenha influído no julgamento popular sobre outro, desconhecido? Esse julgamento esperava um rumo e o crime conhecido parecia proporcioná-lo tão oportunamente! Marie também foi achada no rio, e no mesmo rio foi cometido o crime conhecido. A relação entre os dois acontecimentos tinha em si tanto de palpável, que seria uma verdadeira maravilha o povo ter deixado de apreciá-la e dela se apoderar. Mas, na verdade, um dos dois crimes, conhecido por ter sido cometido com crueldade, é um indício, se é alguma coisa, de que o outro, ocorrido quase na mesma ocasião, não foi cometido da mesma maneira. Teria sido realmente um milagre se, enquanto um bando de marginais perpetrava, em certo lugar, um crime insólito, estivesse outra quadrilha semelhante, no mesmo lugar, na mesma cidade, nas mesmas circunstâncias, com os mesmos meios e os mesmos métodos, ocupada com um crime exatamente do mesmo tipo e precisamente no mesmo tempo! No entanto, em que, a não ser nessa maravilhosa série de coincidências, nos levaria a acreditar a opinião do povo, acidentalmente sugerida?

Antes de irmos além, vamos considerar a suposta cena do assassinato, na mata da Barrière du Roule. Essa mata, embora densa, era bem perto de uma estrada pública. Dentro dela havia três ou quatro grandes pedras, formando uma espécie de assento, com um encosto e um apoio para os pés. Na pedra de cima descobriu-se um saiote branco, na segunda, um lenço de seda. Uma sombrinha, luvas e um lenço também foram achados ali. O lenço mostrava o nome "Marie Rogêt". Farrapos de vestido foram descobertos nos arbustos próximos. O chão estava pisado, as plantas partidas e havia todos os sinais de uma luta violenta.

Não obstante a aclamação com que a imprensa recebeu a descoberta dessa mata e a unanimidade com que se supôs que fosse a cena exata do crime, deve-se admitir que havia mais de uma razão para duvidar disso. Eu poderia ou não acreditar que fosse o cenário do crime, eu poderia acreditar ou não, mas havia uma razão excelente para duvidar. Se a cena verdadeira fosse, como sugere *Le Commerciel*, a vizinhança da rua Pavée St. André, os criminosos, supondo-se que ainda morassem em Paris, teriam sido naturalmente tomados de terror ao ver a atenção do público tão agudamente dirigida para a verdadeira pista. Em certa classe de espíritos, seria despertado imediatamente o senso da necessidade de uma tentativa qualquer para desviar essa atenção. Assim como as suspeitas já haviam recaído na mata da Barrière du Roule, a ideia de pôr os objetos onde eles foram encontrados poderia ter sido concebida naturalmente. Não há prova real, embora *Le Soleil* assim suponha, de que os objetos descobertos tenham estado mais do que poucos dias na mata; enquanto isso, há muito mais provas circunstanciais de que eles não poderiam ficar ali sem atrair a atenção durante os vinte dias passados entre o fatal domingo e a tarde em que foram encontrados pelos meninos. "Estavam completamente mofados", diz *Le Soleil*, adotando as opiniões de seus predecessores, "por causa da chuva e colados uns aos outros pelo mofo. A grama crescera em volta e sobre alguns deles. A seda da sombrinha era forte, mas os fios estavam costurados juntos por dentro. A parte superior, onde fora dobrada e enrolada, estava toda mofada e apodrecida, rasgando-se quando a sombrinha foi aberta". Quanto à grama "ter crescido em volta e sobre alguns deles", é claro que o fato poderia ter sido verificado apenas de acordo com as palavras e, por isso, com as recordações dos dois meninos, porque esses meninos pegaram os objetos e os levaram para casa, antes de serem vistos por terceiros. Mas a grama, sobretudo em tempo quente e úmido (como o da época em que aconteceu o crime), cresce entre 5 cm e 7,5 cm num só dia. Uma sombrinha pousada sobre um chão recentemente gramado pode numa só semana estar inteiramente escondida na grama crescida subitamente. E quanto ao mofo, sobre o qual o redator de *Le Soleil* insiste tão tenazmente que usa a palavra nada menos que três vezes no rápido parágrafo que acabamos de citar, ignorará ele realmente a natureza desse mofo? Será preciso dizer-lhe que é um desses numerosos tipos de fungos, cujo caráter mais comum é aparecer e decair em vinte e quatro horas?

Assim vemos, de cara, que o que foi mais triunfantemente acrescentado para apoiar a ideia de que os objetos ficaram "pelo menos três ou quatro semanas" na mata é absurdamente nulo, como prova qualquer um desses fatos. Por outro lado, é muito difícil acreditar que os objetos pudessem ter ficado nessa determinada mata por um tempo superior a uma semana, durante um período mais longo que de um domingo a outro.

Todos os que conhecem um pouco os arredores de Paris sabem da extrema dificuldade de encontrar "retiros", a não ser a grande distância dos subúrbios. Algo semelhante a um recanto inexplorado e mesmo não frequentemente visitado entre seus bosques e mata, não se imagina nem por um momento. Vá alguém que, sendo de coração amante da natureza, ainda seja acorrentado pelos deveres à poeira e ao calor desta grande metrópole, vá esse alguém tentar, mesmo durante os dias da semana, aplacar sua sede de solidão entre os panoramas de beleza natural que nos circundam de perto. A cada passo verá o feitiço nascente rompido pela voz ou pela intromissão pessoal de algum vagabundo ou bando de vadios embriagados. Procurará o isolamento na mais densa folhagem, mas tudo em vão. Estão ali os próprios esconderijos onde é mais abundante a ralé: são esses os templos mais profanados. Com angústia no coração, o caminhante voará de volta à poluída Paris, como a uma fossa de sujeira menos odiosa porque menos incongruente. Mas, se a vizinhança da cidade é tão frequentada durante os dias úteis da semana, quanto não o será aos domingos. É sobretudo aí que, libertados do jugo do trabalho ou privados das costumeiras oportunidades para o crime, os marginais da cidade procuram seus arredores, não por amor ao campo, que eles desprezam no íntimo, mas como forma de fugir das restrições e dos convencionalismos da sociedade. Eles desejam menos o ar fresco e as árvores verdejantes do que a extrema *licença* campestre. Ali, na hospedaria, à beira da estrada, ou sob a folhagem das árvores, se entregam, sem ser refreados por nenhum olhar, a não ser dos seus próprios companheiros, a todos os loucos excessos de uma hilaridade artificial, produto conjunto da liberdade e da bebida. Nada digo além do que deve ser evidente para qualquer observador desapaixonado quando repito que a circunstância de os objetos em questão terem ficado sem ser descobertos, por período maior do que de um domingo a outro, em qualquer bosquezinho de Paris, deve ser considerada como pouco menos que milagrosa.

Mas não são necessários outros motivos para a suspeita de que os objetos foram colocados na mata com o fim de desviar a atenção da cena real do crime. Deixe-me, antes, dirigir sua atenção para a *data* da descoberta dos objetos. Compare-a com a data do quinto trecho, que eu mesmo tirei dos jornais. Você verificará que a descoberta seguiu-se imediatamente às mensagens urgentes enviadas ao vespertino. Tais mensagens, embora muitas e aparentemente de várias fontes, tendiam todas para o mesmo fim, isto é, dirigir a atenção para uma quadrilha como sendo a autora do crime, e para as vizinhanças da Barrière du Roule como seu cenário. A situação aqui, sem dúvida, não é a de que, devido a essas mensagens, ou à atenção pública por elas orientada, os objetos foram encontrados pelos meninos; mas pode, e pode muito bem, haver a suspeita de que os objetos não foram encontrados *antes* pelos meninos, pela razão de que os objetos não estavam antes na mata, tendo sido colocados ali num período mais tardio, seja o da data em questão, seja pouco antes dessa data, pelos criminosos, autores das próprias mensagens.

Essa mata era singular, excessivamente singular. Incomumente fechada dentro de suas muralhas naturais, havia três pedras extraordinárias, formando um assento, com encosto e apoio para os pés. E essa mata, tão cheia de arte, estava praticamente ao lado, a poucos metros de distância, da casa de Madame Deluc, cujos filhos tinham o hábito de examinar cuidadosamente os arbustos do local na busca de casca de sassafrás. Seria uma aposta insensata — uma aposta de mil contra um — que nunca se passava um dia sobre as cabeças desses meninos, sem se achar pelo menos um deles escondido no lugar cheio de árvores e sentado no seu trono natural? Aqueles que hesitassem em tal aposta ou nunca foram crianças, ou esqueceram a natureza infantil. É, repito, imensamente difícil entender como os objetos poderiam ter ficado sem ser descobertos naquela mata por período superior a um ou dois dias. Assim, há bons motivos para desconfiar, apesar da ignorância dogmática de *Le Soleil*, que eles foram, em data relativamente posterior, colocados onde foram achados.

Mas ainda há outras e mais fortes razões para acreditar que eles foram assim colocados, além das que já citei. Agora, deixe-me chamar sua atenção para o arranjo altamente artificial dos objetos. Na pedra *de cima*, havia um saiote branco, na *segunda*, um lenço de seda; em volta, a sombrinha, luvas e o lenço com o nome "Marie Rogêt". Eis um arranjo como seria feito, *naturalmente*, por uma pessoa não muito esperta, querendo colocar os objetos *naturalmente*. Mas não se trata de um arranjo *realmente* natural. Eu teria preferido ver *todas* as coisas caídas no chão e esmagadas por pés. Nos limites estreitos do caramanchão, mal seria possível que o saiote e o lenço ficassem na posição superior das pedras, quando sujeitos ao roçar para um lado e para outro de muitas pessoas em luta. "Há evidência", disseram, "de uma luta e a terra estava pisada e os arbustos partidos". Mas o saiote e o lenço pareceram colocados como que num guarda-roupa. "Os pedaços de vestido, rasgados pelas plantas, tinham cerca de 8 cm de largura e 15 cm de comprimento. Uma parte era o debrum do vestido e fora remendada. *Pareciam tiras arrancadas.*" Aqui, sem perceber, *Le Soleil* usou uma frase muitíssimo suspeita. Os pedaços, como descritos, "pareciam tiras arrancadas", mas de propósito e com a mão. É acidente dos mais raros que um pedaço de alguma roupa seja "arrancado", como o que está em questão, pela ação de *um espinho.* Pela própria natureza desses tecidos, um espinho ou um prego que se prendesse neles iria rasgá-los retangularmente, dividi-los em fendas longitudinais, em ângulos retos uma com a outra, encontrando-se no ápice onde o espinho entrou — mas é muito difícil imaginar o pedaço "arrancado". Nunca vi isso, nem você. Para rasgar um pedaço de qualquer pano, deve haver duas forças distintas, em direções diferentes, em quase todos os casos. Se houvesse duas pontas de tecido, como, por exemplo, num lenço, e se quisesse dele tirar uma tira, então, e só então, uma só força serviria para o caso. Mas agora a questão é arrancar de um vestido, que só apresenta uma ponta. Para arrancar um pedaço do interior, onde não há ponta, só um milagre permitiria fazê-lo por meio de espinhos, e nenhum espinho sozinho poderia fazer isso. Mas mesmo onde há uma ponta seriam necessários dois espinhos, um funcionando em duas direções diferente e outro numa só. Isso na suposição de que a ponta não tenha bainha. Com a bainha, a coisa está quase fora de questão. Vemos então os numerosos e grandes obstáculos, em se tratando de pedaços que são "arrancados" por meio de simples "espinhos". Porém, querem que acreditemos que não só um pedaço, mas muitos foram arrancados assim. "E uma parte", também, "*era o debrum do vestido*". Outro pedaço era "parte do *vestido e não o debrum*", ou seja, fora completamente arrancado, por espinhos, da parte interna e sem pontas do vestido! São coisas que merecem perdão, se não acreditamos nelas; mas, tomadas em conjunto, formam, talvez, um campo razoavelmente menor de desconfiança que a circunstância extraordinária de os objetos terem sido deixados, de algum modo, por assassinos que tiveram cautela suficiente para pensar em remover o cadáver. Porém você não deve ter me entendido direito se supuser que minha intenção seja *negar* que essa mata seja a cena do crime. Talvez tenha havido algum delito lá, ou mais possivelmente na casa de Madame Deluc. Mas, na verdade, essa é uma questão de pouca importância. Não nos comprometemos numa tentativa de descobrir o local, mas para apresentar os autores do assassinato. O que eu disse sobre o cenário, apesar de todas as minúcias, foi, primeiro, para mostrar a loucura das afirmativas positivas e precipitadas de *Le Soleil*, mas em segundo lugar, e principalmente, para permitir que você, do jeito mais natural, tivesse uma visão mais completa da dúvida sobre se o assassinato foi ou não obra de uma quadrilha.

Resumiremos esta questão com a simples citação dos pormenores revoltantes do médico ouvido neste inquérito. É apenas necessário dizer que as inferências dele publicadas, com relação ao número dos marginais, têm sido devidamente ridicularizadas como injustas e totalmente sem base por todos os anatomistas respeitados de Paris. Não que a coisa *não pudesse* ter sido como foi inferido, mas é que não havia base para a inferência — não haverá também para outras?

Vamos pensar agora nos "sinais de uma luta", e deixe-me perguntar o que tais sinais deveriam demonstrar. Uma quadrilha. Mas eles não demonstram mais a ausência de uma quadrilha? Que *luta* poderia ter acontecido, que luta tão violenta e duradoura, para ter deixado "sinais" em todas as direções, entre uma moça fraca e indefesa e a suposta quadrilha de marginais? O silencioso agarrão de alguns poucos braços rudes e tudo estaria acabado. A vítima deveria ter ficado absolutamente passiva, entregue. Aqui você levará em consideração que os argumentos apresentados contra o fato de a mata ser a cena do crime são aplicáveis, principalmente, só contra o fato de ela ter sido a cena de um delito cometido *por mais de uma única pessoa.* Se imaginarmos apenas *um* marginal, poderemos conceber, e assim só conceber, uma luta de uma natureza tão violenta e encarniçada para ter deixado "sinais" aparentes.

Já mencionei a suspeita despertada contra o fato de que os objetos em questão tiveram de ficar, de alguma forma, na noite, em que foram descobertos. Parece quase impossível que essas provas de culpabilidade tenham sido deixadas ali, onde foram encontradas por acaso. Supõe-se que houve suficiente presença de espírito para remover o cadáver. Porém, uma prova mais positiva que o cadáver em si (cujas feições poderiam ter sido completamente alteradas pela decomposição) é deixada exposta bem visível, no local do crime: quero dizer, o lenço com o *nome* da morta. Se foi por acaso, não foi o acaso de uma *quadrilha*. Podemos imaginar isso só como o acaso de uma pessoa. Vejamos. Uma pessoa cometeu o crime. Está sozinha com o fantasma da morta. Está perturbada com o que está imóvel à sua frente. A fúria de sua paixão desapareceu. E há no seu coração bastante espaço para o pavor natural do que fez. Não tem aquela segurança que a presença de outros inevitavelmente inspira. Está sozinha com a morta. Treme e está transtornada. Mas há a necessidade de se livrar do cadáver. Carrega-o até o rio e deixa atrás de si as outras provas de sua culpa, pois é difícil, até mesmo impossível, transportar toda a carga de uma vez, e será fácil buscar o que deixou. Mas em sua caminhada penosa para a água redobram seus temores. Os barulhos da vida seguem seus passos. Ouve, ou pensa ouvir, uma dúzia de vezes, os passos de alguém. Até mesmo as luzes da cidade a perturbam. Porém, a tempo, e com longas e frequentes pausas de profunda angústia, chega à margem do rio e se livra de sua carga terrível, talvez usando um bote. Mas que tesouro haveria no mundo, que ameaça de vingança poderia haver, que teve o poder de levar aquele assassino solitário a voltar, por aquele mesmo caminho perigoso e trabalhoso, até a mata e suas sangrentas recordações? Ele *não* voltou, sejam quais forem as consequências. Não poderia voltar, se quisesse. Seu único pensamento é a fuga imediata. Volta as costas, para sempre, àquelas matas temíveis, e foge como que de uma ira que está vindo.

Mas e se fosse uma quadrilha? O número teria inspirado confiança a eles, se realmente alguma vez há falta de confiança no peito dos bandidos consumados; e só de bandidos consumados é que se supõe que as quadrilhas sejam constituídas. O número, repito, teria evitado o terror irracional e transtornado que, imaginei, paralisaria o homem sozinho. Se supusermos uma negligência em um, ou dois, ou três, esse descuido seria consertado por um quarto. Não teriam deixado nada para trás, pois seu número permitiria que levassem tudo de uma vez. Não seria, pois, preciso *voltar*.

Pense agora na circunstância de que, na roupa externa do cadáver, quando encontrado, "uma tira de cerca de 30 cm de largura tinha sido rasgada, desde a barra de baixo até a cintura, enrolada três vezes em volta da cintura e amarrada com uma espécie de nó, nas costas". Isso foi feito com o objetivo evidente de formar uma *alça* para carregar o corpo. Algum grupo de homens teria sonhado em recorrer a coisa assim? Para três ou quatro, os membros do cadáver teriam fornecido uma alça não só suficiente, mas a melhor possível. Esse recurso é o de um homem sozinho, e isso nos leva ao fato de que "entre a mata e o rio a cerca foi derrubada e o chão mostrava sinais evidentes de ter sido arrastado um fardo pesado". Mas um grupo de homens iria se dar o trabalho supérfluo de derrubar uma cerca, para arrastar por ali um cadáver, que eles poderiam bem ter passado por cima de qualquer cerca num instante? Um grupo de homens precisaria ter arrastado o cadáver assim, a ponto de deixar sinais evidentes desse gesto?

Aqui devemos nos referir a uma obsessão de *Le Commerciel*, uma observação sobre a qual já fiz comentários, de algum modo. Diz o jornal: "Um pedaço de um dos saiotes da pobre moça estava rasgado e amarrado em volta de seu queixo, amarrado na nuca, provavelmente para impedir gritos. Isso foi feito por gente que não usa lenços". Eu já sugeri que um marginal para valer nunca anda sem um lenço. Mas não é isso que destaco especialmente. Que essa mordaça tenha sido usada, quando não faltava um lenço para o fim imaginado por *Le Commerciel*, fica evidente pelo fato de o lenço ter sido deixado na mata; que o objetivo não era "impedir gritos" também se deduz do fato de haver sido usado de preferência o tecido, em vez do que seria muito melhor para esse fim. Mas a linguagem do depoimento fala da mordaça em questão como "encontrada em volta do pescoço, ligada frouxamente e amarrada com um nó cego". Essas palavras são suficientemente vagas, mas diferem concretamente daquelas de *Le Commerciel.* A tira era de uns 45 cm de largura, e portanto, embora de musselina, formaria uma faixa forte quando dobrada ou enrolada longitudinalmente. Assim enrolada é que ela foi descoberta. Minha dedução é esta: o assassino solitário, após levar o corpo por certa distância (seja da mata ou de outro lugar), usando a *faixa com forma de alça,* em volta de sua cintura, achou que o peso, dessa forma, era demais para suas forças. Resolveu arrastar o fardo — a investigação mostrou que ele foi arrastado. Com esse objetivo em vista, foi necessário amarrar qualquer coisa, como uma corda, nas pontas. Poderia ser amarrada melhor em volta do pescoço, onde a cabeça evitaria que escapasse. Então, inegavelmente, o assassino pensou em usar a faixa em torno dos quadris. E a usaria, não fosse ela se enrolar em torno do cadáver, pelo nó forte que a prendia, e pela reflexão de que não fora "arrancada" da roupa. Era mais fácil arrancar um novo pedaço do saiote. Arrancou-o, deu um nó em volta do pescoço e assim arrastou a vítima até a margem do rio. O fato de essa faixa, só conseguida com esforço e demora, e que servia imperfeitamente ao fim visado, ter sido usada *de qualquer forma* demonstra que a necessidade de seu emprego surgiu de circunstâncias que apareceram num momento em que o lenço não estava ao alcance, ou seja, apareceram, como imaginamos, depois de deixar a mata (se fosse mesmo a mata) e no caminho entre a mata e o rio.

Mas, dirá você, e o depoimento de Madame Deluc, que fala especificamente da presença de uma quadrilha nas vizinhanças da mata, no momento, ou quase, do crime? Tudo bem. Duvido é que não houvesse uma dúzia de quadrilhas como a descrita por Madame Deluc nas vizinhanças da Barrière du Roule, ou perto dali. Mas a quadrilha que atraiu a atenção determinada, embora num depoimento tardio e suspeito, de Madame Deluc é a única quadrilha notada pela honesta e escrupulosa senhora por ter comido seus bolos e tomado seu conhaque, sem se preocupar em fazer pagamento por isso. *Et hinc illae irae?**

* Em latim, no original: "Não seria isto o motivo daquela raiva?"

Mas qual é o depoimento preciso de Madame Deluc? "Uma quadrilha de marginais apareceu, fazendo muito barulho, comeu e bebeu sem pagar, seguiu o caminho tomado pelo rapaz e pela moça, voltou à hospedaria por volta do crepúsculo e tornou a atravessar o rio, como se estivesse com muita pressa."

Ora, essa "muita pressa" possivelmente pareceu "maior pressa" para Madame Deluc, já que ela fala lenta e dolorosamente sobre o roubo de seus bolos e bebida, pelos quais ainda poderia ter conservado uma leve esperança de retribuição. Por que, de outra maneira, já que estava a ponto de escurecer, teria a quadrilha feito questão da pressa? Não há por que admirar, sem dúvida, que mesmo uma quadrilha de marginais tivesse pressa de voltar para casa, quando se precisa atravessar um rio largo, em botes pequenos, quando uma tempestade está próxima e a noite está chegando.

Digo chegando porque a noite ainda não chegara. Foi só "por volta do crepúsculo" que a pressa indecente dos "malfeitores" ofendeu os olhos sóbrios de Madame Deluc. Mas nos disseram que foi nessa mesma noite que Madame Deluc, bem como seu filho mais velho, "ouviu os gritos de uma mulher nas vizinhanças da hospedaria". E com que palavras Madame Deluc designa o período da noite em que foram ouvidos tais gritos? "Era *pouco depois do escurecer*", diz ela. Mas pouco *depois* do escurecer é, pelo menos, *escuro.* E por volta do crepúsculo é, certamente, à luz do dia. Assim, é fartamente claro que a quadrilha deixou a Barrière du Roule antes dos gritos ouvidos por Madame Deluc. E, embora em todos os outros relatórios dos depoimentos as expressões relativas à questão sejam distinta e invariavelmente usadas exatamente como as que empreguei na conversa com você, não se falou das grandes discrepâncias até agora em nenhum dos jornais, nem por parte de qualquer funcionário da polícia.

Devo acrescentar mais um dos argumentos contra uma quadrilha, mas *este* tem, pelo menos no meu entender, um peso totalmente irresistível sob as circunstâncias da grande recompensa oferecida e do pleno perdão para qualquer denúncia. Não se deve imaginar que qualquer membro de uma quadrilha de marginais tenha traído seus cúmplices. Cada integrante de uma quadrilha desse porte não só cobiça a recompensa, como também deseja fugir e *receia a traição*. Ele trai ansiosa e rapidamente, para ele próprio não ser traído. Que o segredo não tenha sido divulgado é a maior prova de que é, de fato, um segredo. Os horrores desse caso sinistro só são conhecidos por *uma* ou duas criaturas vivas e por Deus.

Vamos agora resumir os parcos, porém seguros, frutos de nossa longa análise. Chegamos à conclusão de um evento fatal sob o teto de Madame Deluc ou de um crime perpetrado, na mata da Barrière du Roule, por um amante ou, pelo menos, por uma pessoa de intimidade secreta com a morta. Essa pessoa tem pele morena. Essa pele, o nó de faixa e o nó de marinheiro com que está amarrada a fita do chapéu apontam para um homem do mar. Sua amizade com a morta, uma moça alegre, mas não abjeta, indica que ele está acima do nível do marinheiro comum. Aqui as mensagens urgentes e bem escritas dos jornais servem para apoiar nossa hipótese. A circunstância da primeira fuga, revelada por *Le Mercure*, tende a fundir a ideia desse marinheiro com a do "oficial naval" que se conhece como o primeiro que levou a infeliz ao crime.

E agora, com a maior oportunidade, apresenta-se a consideração da ausência contínua do homem de rosto moreno. Deixe-me fazer uma pausa para observar que o rosto do homem é moreno e bronzeado, não é uma tez simplesmente queimada de sol que constitui o único ponto de recordação, tanto para Valence como para Madame Deluc. Mas por que esse homem não aparece? Teria sido assassinado pela quadrilha? Se isso aconteceu, por que há apenas *sinais* da moça *assassinada*? Deve-se supor que o local do crime teria sido o mesmo. E onde está o cadáver dele? Com toda a probabilidade, os assassinos deveriam ter-se livrado de ambos da mesma maneira. Mas pode-se alegar que esse homem está vivo e que o receio de ser acusado do crime é o que o impede de aparecer. Só agora é que se pode supor que essa consideração aja sobre ele, já tão tarde, pois disseram que ele foi visto com Marie, mas não teria influência alguma no período do crime. O primeiro impulso de um homem inocente teria sido anunciar o crime e ajudar a identificar os culpados. Tal *procedimento* seria o correto. Ele foi visto com a moça. Atravessou com ela o rio numa balsa aberta. A denúncia dos assassinos teria parecido, mesmo para um idiota, o meio mais seguro e único de se livrar das suspeitas. Não podemos supor que ele, na noite do domingo fatal, fosse inocente e ignorasse um crime cometido. Porém, apenas sob tais circunstâncias é possível imaginar que ele, se estivesse vivo, deixaria de denunciar os assassinos.

E quais seriam nossos meios de alcançar a verdade? À medida que prosseguirmos, veremos que esses meios se multiplicam e ficam mais nítidos. Vamos sondar até o fundo esse caso da primeira fuga. Tomemos conhecimento da história completa do "oficial", com as circunstâncias atuais em que se encontra e onde estava no momento preciso do crime. Vamos comparar entre si as várias mensagens enviadas ao vespertino, cujo objetivo era incriminar uma quadrilha. Feito isso, vamos comparar essas mensagens, em estilo e caligrafia, com as enviadas ao matutino, em ocasião anterior, insistindo tão apaixonadamente na culpabilidade de Mennais. Feito tudo isso, vamos comparar de novo essas mensagens com a caligrafia conhecida do oficial. Vamos tentar descobrir, com repetidos interrogatórios de Madame Deluc e de seus filhos, bem como do condutor, Valence, algo mais sobre a aparência pessoal e as atitudes do "homem de pele morena". Perguntas habilmente feitas não deixarão de arrancar de algumas dessas testemunhas informações sobre essa questão particular (ou sobre outras), informações que nem mesmo as próprias testemunhas acham que possuem, ao certo. Depois vamos seguir o *bote* recolhido pelo barqueiro, na manhã da segunda-feira, 23 de junho, que foi tirado da empresa de navegação sem que o oficial de serviço soubesse e *sem o leme*, em algum momento anterior à descoberta do cadáver. Com a devida precaução e tenacidade, seguiremos infalivelmente esse bote, pois não só o barqueiro que o recolheu pode identificá-lo, *como temos o leme à nossa disposição.* O leme de um *bote a vela* não teria sido abandonado, por quem quer que seja, sem busca e sem preocupação. E aqui farei uma pausa para introduzir uma questão. Não houve aviso do recolhimento do bote. Foi levado silenciosamente à empresa de navegação e, igualmente em silêncio, removido. Mas como é que seu dono ou usuário, logo na manhã de terça-feira, foi informado, sem nenhum aviso, do lugar onde o bote estava recolhido na segunda-feira, a menos que imaginemos alguma ligação com a *marinha*, alguma ligação permanente e pessoal, que incluísse o conhecimento de seus mínimos interesses e de suas pequenas notícias locais?

Ao falar do assassino solitário levando sua carga para a praia, eu já havia insinuado a probabilidade de ele ter usado um bote. Compreendemos agora que Marie Rogêt foi jogada de um bote. Esse deve ter sido o caso, naturalmente. O cadáver não poderia ser confiado às águas pouco profundas da margem. As marcas características nas costas e nos ombros da vítima apontam para o madeiramento do fundo de um barco. A hipótese também é confirmada pelo fato de o corpo ser encontrado sem um peso. Se tivesse sido lançado da margem, teria um peso amarrado, sem dúvida. Sua falta só pode ser explicada se supusermos que o assassino não teve o cuidado de arranjar um antes de ir para o fundo. No ato de jogar o corpo na água, sem dúvida ele percebeu sua negligência, mas aí não havia remédio algum para isso. Qualquer risco seria preferível a voltar para aquela praia amaldiçoada. Tendo-se livrado da carga horrível, o criminoso deve ter ido depressa para a cidade. Ali, em algum cais obscuro, deve ter desembarcado. Mas o barco teria sido guardado? Ele estava muito apressado para coisas como guardar um bote. Além disso, ao amarrá-lo no cais deve ter achado que era uma prova forte contra ele. Seu pensamento óbvio foi afastá-lo de si o mais longe possível, como de tudo o que o ligava ao crime. Ele não só fugiu do cais como também não deixou que o bote ficasse lá. Sem dúvida, empurrou-o para a correnteza. Vamos continuar nosso raciocínio. De manhã, o miserável foi tomado de inegável horror ao perceber que o barco fora recolhido e levado para um lugar que ele tinha o hábito de frequentar diariamente — um lugar, talvez, que seu trabalho o obriga a frequentar. Na noite seguinte, *sem ousar perguntar pelo leme*, ele tira o barco. Agora, onde está esse barco *sem leme*? Que seja um dos nossos primeiros propósitos achá-lo. Assim que o enxergarmos, começará a aurora do nosso sucesso. O barco nos guiará, com uma rapidez que até nos surpreenderá, ao homem que o usou na meia-noite do domingo fatal. Confirmação se seguirá a confirmação e o assassino será descoberto.

*(Por motivos que não detalharemos, mas que para muitos leitores parecerão óbvios, tomamos a liberdade de omitir aqui do manuscrito que nos foi entregue a parte em que se acha relatado o seguimento dos indícios aparentemente mínimos, obtidos por Dupin. Achamos aconselhável apenas revelar, brevemente, que o resultado foi obtido e que o chefe de polícia cumpriu pontualmente, embora com relutância, os termos do seu acordo com o cavalheiro. O artigo do sr. Poe conclui com as palavras seguintes. — Editores)**

Compreenda-se que falo de coincidências e *nada mais.* O que disse antes a esse respeito deve bastar. Não há no meu íntimo nenhuma fé no sobrenatural. A natureza e seu Deus são dois e nenhum homem que pensa pode negar isso. Também é inegável que esse, ao criar aquela, pode controlá-la ou modificá-la conforme sua vontade. Digo "vontade", pois a questão é de vontade, não de poder, como a insanidade da lógica pode supor. Não é que a divindade *não possa* modificar suas leis, mas que nós a insultaremos imaginando uma possível necessidade de modificação. Na sua origem, essas leis foram feitas para abranger *todas* as contingências que *poderia* haver no futuro. Com Deus tudo é *agora.*

Repito, então, que só falo dessas coisas como coincidências. Mais ainda, no que relato se verá que entre o destino da infeliz Mary Cecilia Rogers, até onde esse destino é conhecido, e o destino de certa Marie Rogêt, até certo momento de sua história, houve um paralelo na contemplação de cuja exatidão maravilhosa a razão se sente perturbada. Digo que tudo isso se verá. Mas que não se suponha, por um momento, que, continuando a triste história de Marie desde a época mencionada e seguindo até a solução do mistério que a envolveu, seja minha intenção oculta sugerir uma extensão do paralelo ou até insinuar que as medidas adotadas em Paris para a descoberta do assassino de uma *grisette,* ou medidas baseadas em qualquer raciocínio semelhante, produziriam um resultado idêntico.

Pois, com relação à última parte da suposição, deve-se considerar que a mais leve variação nos fatos dos dois casos pode originar

---

* Da revista que publicou originalmente o texto. (N.E.)

os mais decisivos cálculos errados, fazendo divergir muito os dois rumos de acontecimentos: como ocorre tantas vezes na aritmética, em que um erro, por si só desprezível, produz, no final, devido à multiplicação em todos os pontos do processo, um resultado enormemente diferente da verdade. E, quanto à primeira parte, não devemos deixar de ter em vista que o mesmo cálculo das probabilidades a que me referi proíbe qualquer ideia de extensão do paralelo — proíbe-a com uma força positiva e decidida, justamente na

proporção em que esse paralelo já tem sido traçado há tempos e é exato. Esta é uma das proposições anômalas que, embora pareçam ao pensamento completamente afastadas da matemática, só os matemáticos podem conhecer plenamente. Nada, por exemplo, é mais difícil do que convencer o leitor comum de que o fato de o seis ter sido tirado duas vezes sucessivas por um jogador de dados seja causa suficiente para apostar que o seis não aparecerá na terceira tentativa. Uma sugestão desse tipo é geralmente recusada pela inteligência, imediatamente. Não se entende como duas jogadas já realizadas, agora parte absolutamente do passado, possam ter influência sobre a jogada que só existe no futuro. A probabilidade de se tirar o seis parece ser precisamente o que era, em qualquer momento, ou seja, apenas sujeita à influência das várias outras jogadas que os dados possam apresentar. Esta é uma reflexão que parece tão extraordinariamente óbvia que as tentativas de contradizê-la são recebidas com um sorriso de zombaria mais frequente do que com algo que lembre uma atenção respeitosa. O erro aí envolvido — um grande erro cheio de malícia — não pode ser exposto aqui, dentro dos limites que me são agora destinados; para os filósofos, não precisa ser explicado. Pode bastar dizer aqui que ele forma um de uma infinita série de enganos que irrompem no caminho da razão, devido à sua propensão de procurar a verdade no *detalhe.*

A CARTA ROUBADA

*(Nil sapientiae odiosius acumine nimio)**

* Nada é mais odioso à sabedoria do que esperteza demais.

Em Paris, pouco depois de escurecer, num ventoso anoitecer do outono de 18.., eu estava desfrutando o duplo prazer da meditação e de um cachimbo de espuma, em companhia do meu amigo C. Auguste Dupin, na sua pequena biblioteca de fundos, ou depósito de livros, no terceiro andar do nº 33 da rua Dunôt, no Faubourg St. Germain. Durante uma hora, pelo menos, ficamos em silêncio profundo; para qualquer observador casual, cada um de nós teria parecido estar intensa e exclusivamente ocupado com as espirais de fumaça que dominavam a atmosfera do cômodo. De minha parte, contudo, estava discutindo mentalmente certos itens que foram o tema da nossa conversa num período anterior da tarde; refiro-me ao caso da rua Morgue e ao mistério que cercava o assassinato de Marie Rogêt. Por isso, achei que houve algo de coincidência no fato de a porta de nosso apartamento se escancarar, deixando entrar nosso velho conhecido, sr. G..., o chefe da polícia parisiense.

Nós o recebemos calorosamente, pois ele era tão agradável quanto desprezível, e não o víamos havia muitos anos. Estávamos sentados no escuro e Dupin se levantou com a intenção de acender uma luz, mas se sentou outra vez sem fazê-lo, após a afirmação de G. de que viera nos consultar, ou melhor, pedir a opinião do meu amigo sobre algum assunto oficial que provocara muita confusão.

— Se for alguma questão que exija reflexão — observou Dupin, abstendo-se de acender o lampião —, é melhor examiná-la no escuro.

— Lá vem outra de suas manias estranhas — comentou o chefe, que tinha o hábito de chamar de "estranho" tudo o que estivesse além de sua compreensão, e desse modo vivia no meio de uma legião total de "estranhezas".

— É verdade — disse Dupin, ao fornecer para o visitante um cachimbo e aproximando dele uma cadeira confortável.

— E qual é o problema agora? — perguntei. — Não é mais um caso de assassinato, espero.

— Ah, não; nada parecido. O fato é que o assunto é *muito* simples, realmente, e não tenho dúvida de que poderemos tratar bastante bem dele, mas daí pensei que Dupin gostaria de saber dos detalhes, pois é um caso excessivamente *estranho*.

— Simples e estranho — disse Dupin.

— Ora, sim, mas não exatamente. O fato é que estamos todos muito atrapalhados porque o caso *é* tão simples e mesmo assim nos confunde.

— Talvez seja a própria simplicidade da coisa que complica vocês — disse meu amigo.

— Mas que incoerência você está dizendo — respondeu o chefe, rindo gostosamente.

— Talvez o mistério seja um pouco evidente *demais* — disse Dupin.

— Oh, meu Deus, quem já ouviu falar de uma ideia assim?

— Um pouco explícito *demais*.

— Ha, ha, ha! Ha, ha, ha! — ho, ho, ho! — rugiu nosso visitante, profundamente divertido — oh, Dupin, você me mata!

— *Mas*, qual é, afinal, o caso em questão? — perguntei.

— Ora, vou contar — respondeu o chefe, enquanto dava uma comprida, firme e pensativa baforada, arrumando-se na cadeira. — Vou contar em poucas palavras; mas, antes de começar, deixem-me prevenir vocês de que este é um caso que exige o maior segredo, e que eu perderia meu cargo se souberem que o revelei a alguma pessoa.

— Vá em frente — disse eu.

— Ou não — ponderou Dupin.

— Muito bem. Recebi uma informação pessoal, de uma altíssima fonte, sobre um certo documento da maior importância que teria sido roubado dos aposentos reais. A pessoa que o roubou é conhecida; não há dúvida sobre isso; ela foi vista pegando-o. Também é sabido que continua em sua posse.

— Como é que se sabe disso? — perguntou Dupin.

— Deduz-se claramente — respondeu o chefe — da natureza do documento e do não aparecimento de certos resultados que surgiriam imediatamente se *saísse* da posse do ladrão, ou seja, se ele o usasse como deseja ao final de tudo.

— Seja um pouco mais claro — pedi.

— Bom, posso me permitir dizer que o papel dá a seu possuidor um certo poder em determinada área em que tal poder é imensamente valioso. — O chefe adorava os meandros da diplomacia.

— Ainda não entendi bem — disse Dupin.

— Não? Bem, a revelação do documento para uma terceira pessoa, que deve ser mantida no anonimato, colocaria em questão a honra de uma personalidade da mais alta posição; esse fato dá ao dono do documento uma ascendência sobre a personalidade ilustre cuja honra e paz estão ameaçadas.

— Mas essa ascendência — interrompi — dependerá de o ladrão saber que a pessoa roubada sabe quem roubou o documento. Quem ousaria...

— O ladrão — disse G... — é o ministro D..., que ousa tudo, tanto o que é indecente como o que é decente para um homem. O método do roubo foi tão engenhoso quanto atrevido. O documento em questão — uma carta, para falar a verdade — foi recebido pela vítima do roubo enquanto estava sozinha no quarto real. Durante a leitura, ela foi subitamente interrompida pela entrada de outra alta personalidade, de quem desejava, sobretudo, ocultar a carta. Depois de uma tentativa apressada e inútil de colocá-la numa gaveta, foi forçada a deixá-la, aberta como estava, em cima de uma mesa. O endereço, porém, estava exposto e, com o conteúdo escondido, a carta não despertou atenção. Foi aí que entrou o ministro D... Seu olho de lince percebeu imediatamente o papel, reconheceu a letra escrita no endereço, observou a confusão da personalidade a quem a carta se dirigia e descobriu o segredo. Depois de uma conversa sobre negócios, à sua maneira rápida habitual, ele surgiu com uma carta algo semelhante à outra, abriu-a, fingiu lê-la, daí a colocou junto à primeira. Conversou mais uns quinze minutos sobre negócios do governo. Finalmente, ao sair, também pegou da mesa a carta que não era dele. Seu verdadeiro dono viu, mas, claro, não ousou chamar a atenção para o gesto, na presença da terceira personalidade que estava a seu lado. O ministro foi embora; deixando sua própria carta — sem importância — sobre a mesa.

— Aí está — disse Dupin para mim — precisamente o que você queria para tornar a ascendência completa: o ladrão sabe que a vítima sabe quem é o ladrão.

— Sabe — respondeu o chefe de polícia — e o poder assim conseguido tem sido usado, há vários meses, para fins políticos, numa intensidade bem perigosa. A personalidade roubada está cada vez mais convencida, a cada dia, da necessidade de recuperar a carta. Mas, claro, isso não pode ser feito às claras. Afinal, desesperada, confiou-me esta missão.

— Para tanto — disse Dupin, no meio de uma espiral perfeita de fumaça — não se poderia desejar, ou mesmo imaginar, um agente mais sagaz.

— Está me lisonjeando — respondeu o chefe —, mas é possível que se tenha aludido a alguma coisa nesse sentido.

— Está evidente — disse eu —, como observou, que a carta ainda está com o ministro, já que é esta posse e não qualquer uso da carta que garante o poder. Com a utilização, o poder some.

— É verdade — concordou G... —, e trabalhei com essa convicção. Meu primeiro cuidado foi fazer uma busca exaustiva na casa do ministro; o problema principal foi fazer a busca sem seu conhecimento. Acima de tudo, fui prevenido do perigo que resultaria em dar-lhe motivos para desconfiar de nossos esforços.

— Mas — disse eu — o senhor está perfeitamente à vontade nessas investigações. A polícia parisiense já fez tal coisa muitas vezes.

— Ah, sim, e por essa razão não perdi a esperança. E os hábitos do ministro também me deram uma grande vantagem. Frequentemente ele passa a noite fora de casa. Seus criados não são numerosos. Dormem a uma distância conveniente dos cômodos do patrão e, sendo quase todos napolitanos, ficam embriagados rapidamente. Tenho chaves, como devem saber, com as quais posso abrir qualquer cômodo ou móvel de Paris. Há três meses não passa uma noite sem que eu, na maior parte dela, vasculhe pessoalmente, a casa de D... Minha honra está em jogo e, para mencionar um grande segredo, a recompensa é enorme. Então, não abandonei a busca até me convencer de que o ladrão é um homem mais astuto do que eu. Acho que revistei cada buraquinho, cada canto do lugar onde se pudesse esconder o papel.

— Mas não é possível — sugeri — que, embora a carta esteja na posse do ministro, como está, sem dúvida, possa ter sido escondida em outro lugar além da sua casa?

— É quase impossível — disse Dupin. — As atuais condições peculiares dos negócios na corte, e especialmente das intrigas em que se sabe que D... está envolvido, tornam a disponibilidade imediata do documento — a possibilidade de ser apresentado num instante — um item de importância quase igual à de sua posse.

— A possibilidade de ser apresentado num instante? — perguntei.

— Isto é, de ser *destruído* — disse Dupin.

— É certo — observei —, o papel está claramente na casa dele. Podemos descartar o fato de ele estar com o ministro.

— Inteiramente — disse o chefe de polícia. — Ele foi atacado duas vezes, como que por ladrões, e sua pessoa foi rigorosamente revistada sob minha supervisão.

— Poderia ter-se poupado de tanto esforço — comentou Dupin. — D..., imagino, não é nenhum idiota, e deve certamente ter previsto tais ações.

— Não é *nem um pouco* idiota — disse G... —, mas é um poeta, o que está só a um passo do idiota.

— Certo — disse Dupin após uma longa e pensativa baforada no cachimbo —, embora eu mesmo tenha perpetrado alguns versos vagabundos.

— Que tal nos contar — disse eu — como foi essa busca?

— Bem, o fato é que aproveitamos bem o tempo e procuramos por *toda parte*. Tenho longa experiência nesses assuntos.

Vasculhei o prédio todo, cômodo a cômodo, dedicando as noites de uma semana inteira a cada um deles. Primeiro examinamos a mobília de cada local. Abrimos cada gaveta que havia. Imagino que sabem que para um agente policial convenientemente treinado não existe algo como uma gaveta *secreta*. Nenhum homem é tão tolo a ponto de permitir que uma gaveta "secreta" lhe escape numa busca assim. A coisa é por demais *óbvia*. Há uma certa quantidade de volume, de espaço, para se examinar em cada móvel. Para isso temos regras acuradas. A quinta parte de uma linha não nos escaparia. Depois dos móveis, passamos às cadeiras. As poltronas estofadas foram examinadas com as agulhas compridas e finas que me viram usar. Das mesas, tiramos os tampos.

— Por quê?

— Às vezes o tampo da mesa, ou alguma outra peça de mobília semelhante, é tirado pela pessoa que deseja ocultar alguma coisa; daí, a perna é escavada, coloca-se o objeto no buraco e recoloca-se o tampo. As partes de cima e de baixo das colunas das camas também são usadas assim.

— Mas o buraco não poderia ser revelado pelo som? — perguntei.

— Não, se quando o objeto for colocado alguém embrulhá-lo em quantidade suficiente de algodão. Além disso, em nosso caso, precisávamos agir sem barulho.

— Mas o senhor não pode ter tirado, não pode ter feito em pedaços todas as peças de mobília em que seria possível fazer um buraco para esconder uma coisa do jeito que mencionou. Uma carta pode ser enrolada numa espiral fina, parecida em forma e volume com uma grande agulha de tricô, e assim poderia ser enfiada na travessa de uma cadeira, por exemplo. Não desmontaram todas as cadeiras?

— Claro que não, mas fomos além. Examinamos as travessas de cada cadeira da casa e também as juntas de cada peça de mobília, com a ajuda de um poderoso microscópio. Se houvesse qualquer indício de alteração recente, não deixaríamos de percebê-lo instantaneamente. Um simples grão de poeira provocada por uma verruma, por exemplo, seria tão evidente quanto uma maçã.

Qualquer modificação na cola — qualquer fresta incomum nas juntas — bastaria para garantir a descoberta.

— Imagino que olharam os espelhos, entre as tábuas e os vidros, examinaram as camas e as roupas de cama, bem como as cortinas e os tapetes.

— Sem dúvida, e quando terminamos de revistar cada partícula da mobília examinamos a casa em si. Dividimos sua superfície total em compartimentos numerados, para que nada escapasse; daí vasculhamos cada metro quadrado no local, inclusive as duas casas vizinhas, utilizando o microscópio, como antes.

— As duas casas vizinhas! — exclamei. — Mas o trabalho deve ter sido enorme!

— Foi, mas a recompensa oferecida é imensa.

— Incluiu também o chão em volta das casas?

— O chão é coberto de tijolos. Isso nos deu relativamente pouco trabalho. Examinamos o musgo entre os tijolos e descobrimos que não foi tocado.

— Olharam entre os papéis de D..., claro, e nos livros da biblioteca?

— Sem dúvida, abrimos cada embrulho, cada pacote; não só abrimos cada livro, como viramos todas as páginas de cada volume, não nos contentando em sacudi-lo, segundo o hábito de alguns dos nossos policiais. Também medimos a espessura de cada capa de livro com precisão milimétrica e aplicamos a cada uma o exame mais cuidadoso com o microscópio. Se alguma encadernação tivesse sido alterada, seria impossível o fato nos escapar. Uns cinco ou seis volumes que tinham acabado de chegar do encadernador foram examinados com todo o cuidado longitudinalmente, com as agulhas.

— Exploraram o assoalho embaixo dos tapetes?

— Certamente. Tiramos cada tapete e examinamos as tábuas com o microscópio.

— E o papel das paredes?

— Claro.

— Olharam nas adegas?

— Olhamos.

— Então — disse eu —, fizeram um erro de cálculo e a carta não está na casa, como supunham.

— Receio que tenha razão — respondeu G. — E agora, Dupin, o que pode me aconselhar a fazer?

— Uma completa revista no local, outra vez.

— Isso é absolutamente desnecessário — respondeu G. — Tanto quanto eu respiro, estou certo de que a carta não está lá.

— Não tenho nenhum conselho melhor para lhe dar — disse Dupin. — O senhor tem, sem dúvida, uma descrição exata da carta?

— Oh, claro! — Aí o chefe de polícia tirou uma cadernetinha e leu, em voz alta, uma descrição minuciosa da aparência interna e, sobretudo, externa do documento roubado. Logo depois de acabar a leitura, foi embora tão deprimido como eu nunca o vira antes.

Cerca de um mês depois, ele nos fez outra visita e nos encontrou quase da mesma forma que antes. Pegou um cachimbo e uma cadeira e começou a falar de coisas triviais. Afinal, eu disse:

— Tudo bem, G., mas e a carta roubada? Imagino que, enfim, se convenceu de que é impossível vencer a astúcia do ministro.

— Maldito seja, pois refiz a busca como Dupin sugeriu. Mas foi um trabalho perdido, como eu sabia que aconteceria.

— Quanto disse que é a recompensa oferecida? — perguntou Dupin.

— Bem, é bastante — uma recompensa *muito* generosa —, não gostaria de dizer quanto exatamente, mas uma coisa posso dizer. Não ligaria de dar do meu bolso cinquenta mil francos para qualquer um que me pudesse trazer a carta de volta. O fato é que ela está ficando mais importante a cada dia, e a recompensa foi dobrada recentemente. Se fosse triplicada, porém, eu não poderia fazer mais do que fiz.

— Ora, claro — disse Dupin, pontuando as palavras com as baforadas do cachimbo. — Acho mesmo, G., que você não fez o máximo possível... para resolver esse assunto. Poderia... fazer um pouco mais, acho.

— O quê? Mas como?

— Ora... puff, puff — poderia... puff, puff... usar bons conselhos no caso, hein?... puff, puff, puff. Lembra-se da história que contavam sobre Abernethy?

— Não! Que Abernethy vá para o inferno!

— Tudo bem! Mande-o para o inferno, se quiser. Mas certa vez um rico avarento imaginou um plano para conseguir uma consulta médica desse Abernethy. Começou, para isso, uma conversa qualquer, num grupo de amigos, e apresentou seu caso ao médico, como se fosse de uma pessoa imaginária.

"Vamos supor", disse o pão-duro, "que seus sintomas sejam tais e tais; agora, doutor, o que o aconselharia a tomar?"

"A tomar", disse Abernethy, "ora, a tomar uns conselhos, claro".

— Mas — disse o chefe de polícia, um tanto confuso — estou perfeitamente *disposto* a tomar conselhos, e a pagar por isso. Eu realmente daria cinquenta mil francos a qualquer um que me ajudasse no caso.

— Assim sendo — respondeu Dupin, abrindo uma gaveta e tirando um talão de cheques —, o senhor pode preencher um cheque com a quantia mencionada. Quando o tiver assinado, eu lhe darei a carta.

Fiquei espantado. O chefe de polícia parecia completamente paralisado pela surpresa. Por alguns instantes não conseguiu falar nem se mexer, olhando incredulamente para meu amigo, com a boca aberta e olhos que pareciam sair das órbitas; depois, conseguindo aparentemente se recuperar parcialmente, pegou uma caneta e, após várias pausas e olhares para o vazio, finalmente assinou e preencheu o cheque de cinquenta mil francos, estendendo-o para Dupin, sobre a mesa. Este examinou-o cuidadosamente e colocou-o na carteira; depois, abrindo uma escrivaninha, pegou uma carta ali e a deu ao chefe de polícia. O funcionário engoliu em seco, com a perfeita agonia da alegria, abriu-a com mão trêmula, deu uma rápida olhada no conteúdo e daí, tropeçando e cambaleando, foi até a porta, de onde correu sem cerimônia, saindo da sala e da casa, sem pronunciar uma palavra desde que Dupin lhe pedira para preencher o cheque.

Quando sumiu, meu amigo deu algumas explicações.

— A polícia parisiense — disse — é incomparavelmente capaz a seu modo. É perseverante, engenhosa, esperta e totalmente dona do conhecimento que sua tarefa parece exigir mais. Assim, quando G. descreveu-nos sua forma de investigar o local da casa de D..., senti a mais total confiança na sua busca; era satisfatória, dentro dos seus limites.

— Dentro dos seus limites? — perguntei.

— Sim — respondeu. — As medidas adotadas não só eram as melhores do gênero, como também chegaram à perfeição absoluta. Se a carta tivesse sido guardada ao alcance de suas buscas, eles teriam, sem dúvida, achado o que procuravam.

Ri simplesmente. Mas ele parecia bem sério ao falar aquilo.

— As medidas, então — continuou —, eram boas no gênero e foram bem executadas; seu defeito era que não se aplicavam a esse caso e a esse homem. Um certo conjunto de recursos muito engenhosos é, para o chefe de polícia, uma espécie de leito de Procusto*, ao qual forçosamente tem de ajustar seus planos. Mas ele erra constantemente, quer por ser excessivamente profundo, quer por ser superficial demais; muito estudante raciocina melhor que ele. Conheço um, de uns oito anos, cujo êxito ao acertar no jogo de par ou ímpar atraía uma admiração universal. O jogo é simples e jogado com bolinhas de gude. Um jogador tem nas mãos algumas bolinhas e pergunta ao outro se o número delas é par ou ímpar. Se acertar, o jogador que adivinhou ganha uma bolinha; se errar, perde uma. O menino que citei ganhou todas as bolinhas da escola. Claro que ele tinha um método de adivinhar, que era baseado apenas na observação e na avaliação da astúcia de seus adversários. Por exemplo, um boboca completo é seu oponente e, com a mão fechada, pergunta: "Par ou ímpar?" Nosso escolar responde "ímpar" e perde. Mas na segunda jogada ele ganha, pois daí diz para si mesmo: "O boboca pôs ímpar na primeira vez e sua dose de astúcia é apenas suficiente para fazê-lo jogar ímpar na segunda vez. Assim, vou jogar ímpar". Ele aposta ímpar e ganha. Agora, com um bobo-

* O ladrão Procusto esticava ou encurtava suas vítimas para caberem no seu leito.

ca um pouquinho mais esperto, ele raciocinaria assim: "Esse cara acha que na primeira vez apostei ímpar e, na segunda, ele se permitirá uma variação simples de ímpar para par, como fez o primeiro boboca. Depois, pensando melhor, achará que se trata de uma variação simples demais e, enfim, decidirá apostar par, como antes. Logo, apostarei par". Ele aposta par e ganha. Agora, essa forma de raciocinar do estudante, que seus colegas chamam de "sortudo", qual é, em última análise?

— É simplesmente — respondi — um ajuste do raciocínio dele ao de seu adversário.

— Certo — concordou Dupin —, e, quando perguntei ao menino qual era o meio de fazer um ajuste perfeito como o que ele fazia para basear o seu sucesso, recebi a seguinte resposta: "Quando quero descobrir se alguém é sabido, estúpido, bom ou malvado, ou o que ele está pensando naquele momento, ajusto a expressão do meu rosto, o mais cuidadosamente possível, com a expressão dele, então procuro ver que pensamentos ou que sentimentos se originam no meu coração ou na minha mente, para ajustar ou corresponder à expressão". Essa resposta do estudante espelha a base de toda a profundidade errônea que tem sido atribuída a Rochefoucaud, La Bruyère, Maquiavel e Campanella.

— E a identificação — disse eu — do intelecto do garoto com o de seu adversário depende, se entendi bem o que disse, do cuidado com que o intelecto do oponente é avaliado.

— Ela realmente depende disso para ter valor prático — confirmou Dupin —, e o chefe de polícia e seus homens fracassam tão frequentemente, primeiro, por errar nessa identificação e, segundo, por má avaliação do intelecto com o qual estão tratando. Só consideram as *suas* ideias de esperteza; ao procurar alguma coisa escondida, só pensam nas maneiras que *eles* usariam para escondê-la. Estão certos num ponto: que sua própria esperteza é uma representante fiel da *massa*. Mas, quando a astúcia de um determinado bandido é de uma natureza diferente, o vilão os engana, sem dúvida. Isso sempre acontece quando supera o nível deles e muitas vezes quando está abaixo. Eles não têm variedade de métodos nas suas investigações; na melhor das hipóteses, quando pressionados por alguma emergência inédita — por alguma recompensa extraordinária —, eles ampliam ou exageram suas velhas maneiras de *agir*, sem alterar seus métodos. O que, por exemplo, foi feito neste caso de D... para variar o método de agir? O que é toda essa perfuração, sondagem, investigação, esse monte de exames com microscópio e divisão da superfície do prédio em tantos metros quadrados — o que é isso senão o exagero da aplicação de um método ou conjunto de métodos de busca, baseado no único sistema de noções relativas à engenhosidade humana às quais o chefe de polícia se acostumou em toda a longa rotina de seu trabalho? Você não vê que ele tem certeza de que *todos* os homens buscam, para esconder uma carta, se não exatamente um buraco feito com verruma numa perna de cadeira, pelo menos *algum* canto ou buraco, sugerido pela mesma linha de ideias que levaria um homem a esconder uma carta num buraco feito com verruma numa perna de cadeira? E você também não vê que esses esconderijos *recherchés* só servem para ocasiões comuns? E que só seriam adotados por mentes comuns? Porque, em todos os casos de ocultamento, colocar-se o objeto escondido, o objeto desse modo *recherché*, é, já no primeiro momento, presumível e presumido. Sua descoberta depende, então, não absolutamente da agudeza, mas totalmente do puro cuidado, paciência e perseverança dos que procuram. Quando o caso é importante — ou, o que dá na mesma aos olhos policiais, quando a recompensa é grande —, as qualidades em questão *nunca* falham. Você entenderá então o que eu quis dizer ao afirmar que, se a carta roubada tivesse sido escondida em algum lugar ao alcance dos limites da investigação do chefe de polícia — em outras palavras, se o princípio de sua ocultação estivesse dentro dos princípios do chefe de polícia —, sua descoberta seria conseguida, sem dúvida. Contudo, o funcionário foi completamente enganado, e a fonte remota da sua derrota reside na suposição de que o ministro é um tolo, pois ganhou fama como poeta. Todos os tolos são poetas, é o que *acha* o chefe de polícia; e ele é simplesmente culpado de um *non distributio medii* ao deduzir disso que todos os poetas são uns tolos.

— Mas ele é realmente o poeta? — perguntei. — São dois irmãos, eu sei. E ambos têm fama de literatos. Acho que o ministro escreveu eruditamente sobre cálculo diferencial. Ele é um matemático, não um poeta.

— Você se engana, eu o conheço bem. Ele é as duas coisas. Como poeta e matemático, raciocina bem. Como simples matemático, não teria raciocinado nada e estaria à mercê do chefe de polícia.

— Você me surpreende com essas opiniões, que são repudiadas pela voz do povo. Você não quer reduzir a pó ideias bem estabelecidas há séculos. O raciocínio matemático tem sido considerado o raciocínio *par excellence.*

— "É preciso apostar" — disse Dupin, citando Chamfort — "que toda ideia pública, toda convenção estabelecida é uma tolice, porque foi conveniente para a maioria." Os matemáticos, afirmo, fizeram o melhor possível para divulgar o erro popular que você repetiu, e que não deixa de ser erro só porque é aceito como verdade. Com uma arte que mereceria melhor causa, por exemplo, insinuaram a palavra "análise" nas operações algébricas. Os franceses são os criadores dessa mistificação em especial; mas se uma palavra tem alguma importância, se as palavras derivam qualquer valor de sua aplicabilidade, então "análise" quer dizer "álgebra", quase tanto como, em latim, "*ambitus*" quer dizer "ambição", "*religio*", religião, ou "*homines honesti*", "um grupo de homens *honrados*".

— Você está com uma polêmica nas mãos, contra alguns dos algebristas de Paris, mas continue.

— Questiono a eficiência, logo o valor, do raciocínio que é cultivado de qualquer forma particular que não seja a lógica abstrata. Questiono em especial o raciocínio originado pelo estudo matemático. A matemática é a ciência da forma e da quantidade; o raciocínio matemático é simplesmente a lógica aplicada à observação da forma e da quantidade. O grande erro reside na suposição de que mesmo as verdades do que é chamado de álgebra *pura* são verdades abstratas ou gerais. E esse erro é tão óbvio que fico espantado com sua aceitação universal. Os axiomas matemáticos *não* são axiomas de verdade geral. O que é uma verdade de *relação* é muitas vezes grosseiramente falso quanto à moral, por exemplo. Nessa última ciência, é muito comumente não verdadeiro que a soma das partes seja igual ao todo. Na química, também, o axioma falha. Na apreciação dos motivos, falha. Pois dois motivos, cada um de um determinado valor, não têm necessariamente, quando reunidos, um valor igual ao da soma de seus valores separados. Há numerosas verdades matemáticas que só são verdades dentro dos limites da *relação*. Mas os matemáticos afirmam, a partir de suas *verdades finitas*, por hábito, como se elas fossem aplicáveis universalmente de forma absoluta — exatamente como o mundo imagina que sejam. Bryant, na sua erudita *Mitologia*, menciona uma fonte semelhante de erro, quando diz que "embora as fábulas pagãs não devam ser acreditadas, esquecemo-nos disso constantemente e tiramos deduções a partir delas, como se fossem realidades concretas". Porém, os algebristas, que são uns pagãos, acreditam nas "fábulas pagãs", e as deduções são feitas não tanto pelos lapsos de memória, mas sobretudo por uma inexplicável perturbação do cérebro. Em síntese, nunca conheci um único matemático que pudesse ser digno de confiança fora das raízes quadradas, ou um que não ostentasse clandestinamente como ponto de fé que $x^2 + px$ é igual, absoluta e incondicionalmente, a q. Diga a algum desses cavalheiros, só para experimentar, se quiser, que você acredita que pode haver ocasiões em que $x^2 + px$ não é igual a q. Quando ele entender o que você quis dizer, saia fora do alcance dele com a maior rapidez possível, pois, sem dúvida, ele tentará nocautear você.

Quero dizer — continuou Dupin, enquanto eu apenas ria de seus comentários — que, se o ministro fosse nada além de um matemático, o chefe de polícia não teria necessidade de me dar este cheque. Porém, eu o conheço, tanto como matemático quanto como poeta, e minhas ações se ajustaram à sua capacidade, com relação às circunstâncias que o cercavam. Também o conhecia como cortesão e ousado *intrigante*. Um homem assim, pensei, não podia deixar de conhecer os modos de agir habituais da polícia. Não poderia deixar de prever — e os fatos comprovaram que não deixou de prever — as ciladas que lhe armaram. Ele deve ter antecipado, imaginei, as investigações secretas na sua casa. Suas ausências frequentes do lar à noite, que eram anunciadas pelo chefe de polícia como trunfos certos para seu sucesso, surgiram para mim apenas como *esperteza*, para propiciar à polícia uma busca completa e, assim, fazer com que G. chegasse mais cedo à convicção (o que realmente aconteceu), à certeza de que a carta não estava na casa. Também achei que todo tipo de pensamento com que me esforçava para lhe detalhar agora, sobre o princípio invariável da ação policial em busca de objetos escondidos, passaria pela cabeça do ministro. Isso certamente levou-o a desprezar todos os esconderijos convencionais. Pensei que ele não poderia ser fraco a ponto de não perceber que os recessos mais complicados e remotos da casa se revelariam como os armários mais evidentes aos olhos, aos testes, às verrumas e aos microscópios do chefe de polícia. Vi, enfim, que ele seria levado naturalmente à *simplicidade*, se não deliberadamente induzido a isso, por uma questão de escolha. Talvez você se lembre de como o chefe de polícia riu quando sugeri, no nosso primeiro encontro, que era bem possível que o mistério o perturbasse tanto por ser *tão* evidente.

— É — eu disse —, lembro bem do seu riso. Até pensei que ele teria convulsões.

— O mundo material — continuou Dupin — está cheio de analogias bem nítidas com o imaterial; assim, certa tintura de verdade foi emprestada ao dogma retórico de que a metáfora ou o sorriso podem servir tanto para fortalecer um argumento como para embelezar uma descrição. O princípio de *vis inertiae*, por exemplo, parece ser idêntico na física e na metafísica. Não é menos verdadeiro, para a primeira, que um corpo grande é mais difícil de se pôr em movimento do que um menor, e que seu *momentum* resultante é proporcional a essa dificuldade, do que é, para a segunda, que intelectos de capacidade mais ampla, embora mais poderosos, mais constantes e mais hábeis em seus movimentos do que os de grau inferior, são, porém, os que se movem menos rapidamente, mais atrapalhados e cheios de hesitação, nos primeiros passos do seu progresso. Além disso, você já observou qual dos cartazes na rua, sobre as portas das lojas, chama mais a atenção?

— Nunca pensei nisso — disse eu.

— Há um jogo de adivinhação — continuou —, que é disputado sobre um mapa. Um dos jogadores pede ao outro para descobrir uma certa palavra — o nome de uma cidade, rio, país ou império —, qualquer palavra, em resumo, na superfície colorida e intrincada do mapa. Um novato no jogo geralmente procura confundir seus adversários, pedindo-lhes o que está escrito nas menores letras, mas o veterano escolhe as palavras de letras enormes, bem espalhadas, que vão de uma ponta a outra do mapa. Elas, como os cartazes de letras garrafais da rua, escapam à observação pelo fato de serem excessivamente evidentes. Aqui a distração física é exatamente análoga à inadvertência moral, pela qual a inteligência deixa escapar as considerações que são tão evidentes a ponto de ser inoportunas e palpáveis demais. Mas esse é um item, ao que parece, um tanto acima ou abaixo da compreensão do chefe de polícia. Nem uma só vez ele pensou ser provável, ou possível, que o ministro tenha deixado a carta imediatamente no nariz de todo mundo, a fim de evitar que qualquer porção desse mundo a percebesse. Mas, quanto mais pensava na esperteza ousada, atrevida e superior de D..., no fato de que o documento deveria estar sempre à mão no caso de querer usá-lo para determinado fim, e na prova decisiva, conseguida pelo chefe de polícia, de que a carta não estava escondida dentro dos limites da investigação comum dessa autoridade, mais certo ficava de que, para ocultar a carta, o ministro deveria ter recorrido ao expediente compreensível e sagaz de não tentar escondê-la apenas.

Com essas ideias, arranjei uns óculos verdes e fui, numa linda manhã, como que por acaso, à casa do ministro. Encontrei D... em casa, bocejando, espreguiçando, fingindo estar no máximo do tédio. Ele talvez seja o mais dinâmico dos seres humanos vivos, mas só quando ninguém o está olhando.

Para acompanhá-lo, queixei-me da minha vista fraca e lamentei a necessidade de usar óculos; protegido por eles, examinei cuidadosa e totalmente o lugar, enquanto parecia só estar atento à conversa do meu anfitrião.

Prestei uma atenção especial à grande escrivaninha perto dele, sobre a qual jaziam, em confusão, algumas cartas e outros papéis, com uns instrumentos musicais e uns poucos livros. Porém, após um exame demorado e bem cuidadoso, não vi nada que despertasse uma desconfiança especial.

Afinal, meus olhos, ao fazer a volta pelo cômodo, deram com um porta-cartões comum, filigranado de papelão, que estava pendurado por uma fita azul suja num pequeno gancho de metal bem no meio da parte de cima da lareira. No porta-cartões, que tinha umas três ou quatro divisões, havia uns cinco ou seis cartões de visita e uma carta solitária. Essa estava bastante manchada e amassada. Quase cortada em duas, ao meio, como se a intenção de rasgá-la totalmente no primeiro instante tivesse sido mudada ou adiada no segundo. Mostrava um grande selo negro, ostentando o sinete de D..., e estava endereçada numa letra miúda e feminina a D..., o próprio ministro. Estava jogada lá ao acaso e, até parecia, com desprezo, numa das divisões superiores do móvel. Mal vi essa carta, concluí que deveria ser a que eu procurava. Para dizer a verdade, ela era, sob todos os aspectos, radicalmente diferente da descrição que o chefe de polícia nos lera. Aqui, o selo era grande e negro, com o sinete de D...; na outra, era pequeno e vermelho, com o brasão ducal da família S... Numa, o endereço para o ministro era pequeno e feminino; na outra, o sobrescrito para determinada personalidade real era distintamente grande e firme; só o tamanho constituía um ponto de relação. Mas, note, o *radicalismo* dessas diferenças era excessivo; a sujeira, o estado manchado e amassado do papel, tão em

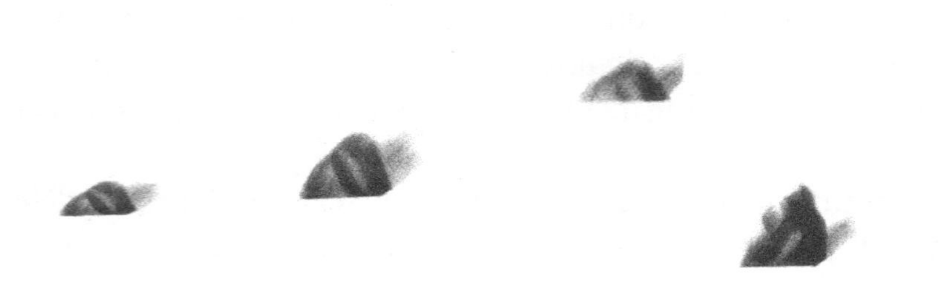

desacordo com os verdadeiros hábitos metódicos de D..., e tão indicador de um plano para enganar o observador e levá-lo a pensar na falta de importância do documento. Tudo isso, juntamente com a posição gritante desse documento, bem à vista de qualquer visitante, e assim bem de acordo com as conclusões a que eu chegara antes; tudo isso, repito, apoiava firmemente a desconfiança de quem fosse ali com a intenção de desconfiar.

Alonguei minha visita ao máximo e, enquanto mantinha uma discussão muito animada com o ministro sobre um assunto que eu sabia que sempre o interessava e excitava, conservei a atenção verdadeiramente focalizada na carta. Nesse exame, memorizei sua aparência externa e sua posição no móvel. Também descobri algo que afastou qualquer dúvida que eu pudesse ter. Observando as pontas do papel, observei que estavam mais estragadas do que parecia necessário. Apresentavam a aparência amarfanhada que surge quando um papel duro, uma vez dobrado e pressionado por uma espátula, é desdobrado em direção contrária, nas mesmas dobras ou pontas que formaram a dobra original. Essa descoberta foi suficiente. Ficou evidente que a carta fora virada do avesso, como uma luva, reendereçada e lacrada outra vez. Despedi-me do ministro, fui embora logo, deixando uma caixinha de fumo de ouro em cima da mesa.

Na manhã seguinte fui buscar a caixinha e retomamos, com entusiasmo, a conversa do dia anterior. Porém, quando falávamos,

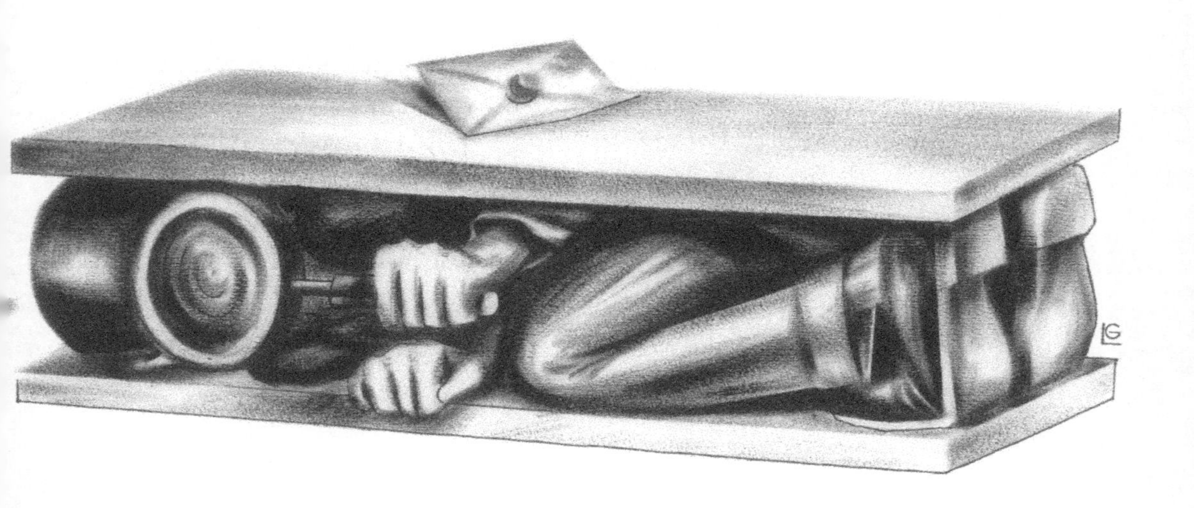

ouvimos um estampido alto, como o de uma pistola, bem embaixo das janelas da casa, seguido por uma série de gritos medonhos e pelo barulho de uma porção de gente. D... correu para a varanda, abriu-a e olhou para fora. Enquanto isso, fui rapidamente até o porta-cartões, peguei a carta, coloquei-a no bolso e a substituí por uma imitação (pelo menos na aparência externa) que preparara cuidadosamente em casa, duplicando o sinete de D... bem facilmente com um selo feito de pão.

Um tumulto na rua fora causado pelo jeito furioso de um homem armado com um mosquete. Ele atirara entre uma porção de mulheres e de crianças. Porém, depois se comprovou que a arma não tinha bala e deixaram o sujeito ir embora; acharam que era maluco ou beberrão. Quando ele partiu, D... voltou da varanda, à qual eu fora imediatamente após guardar o objeto em questão. Logo em seguida, despedi-me. O pretenso maluco era um homem que contratei.

— Mas que objetivo você tinha — perguntei — ao substituir a carta por uma imitação? Não teria sido mais fácil, na primeira visita, você tê-la embolsado francamente e ido embora com ela?

— D... — respondeu Dupin — é um homem violento e destemperado. Na sua casa também não faltam empregados devotados aos seus interesses. Se eu tivesse feito a tentativa desesperada que você propõe, não deixaria aquela casa vivo. O bom povo de Paris nunca mais ouviria falar de mim. Mas eu tinha um objetivo além dessas considerações. Você conhece minhas convicções políticas. Nessa questão, ajo como um partidário da senhora em questão. Durante dezoito meses, o ministro a teve em seu poder. Agora, é ela que o domina; já que não sabe que a carta não está em seu poder, ele continuará suas chantagens como se ainda a tivesse. Assim, inevitavelmente, será levado à sua destruição política. Sua queda será tão precipitada quanto desastrada. É muito bom se falar de *facilis descensus Averni* *, mas, em toda espécie de subida, como Catalani diz sobre o canto, é bem mais fácil subir do que descer. No exemplo em questão, não tenho simpatia — nem sequer piedade — pe-

---

* A descida ao inferno é fácil (Virgílio).

lo que desce. Ele é aquele *monstrum horrendum*, um homem de gênio sem escrúpulos. Porém, confesso que eu gostaria muito de conhecer o caráter preciso dos seus pensamentos quando, sendo desafiado por aquela a quem o chefe de polícia chama de "certa personalidade", ele se vir obrigado a abrir a carta que lhe deixei no porta-cartões.

— Por quê? Você escreveu alguma coisa especial nela?

— Ora... não seria delicado deixar o interior da carta em branco. Isso seria insultuoso. D..., certa vez, em Viena, me pregou uma peça de mau gosto, da qual, de modo bem-humorado, eu disse que iria me lembrar. Então, como sei que ele sentiria alguma curiosidade quanto à identidade da pessoa que o venceu em astúcia, achei que seria uma pena não lhe dar uma pista. Ele conhece bem a minha letra e assim copiei, no meio da folha em branco, as palavras:

[...] Um desígnio tão funesto,
se não é digno de Atreu, é digno de Tiestes.

Elas estão na tragédia *Atreu e Tiestes*, de Crébillon.

O CORAÇÃO DENUNCIADOR

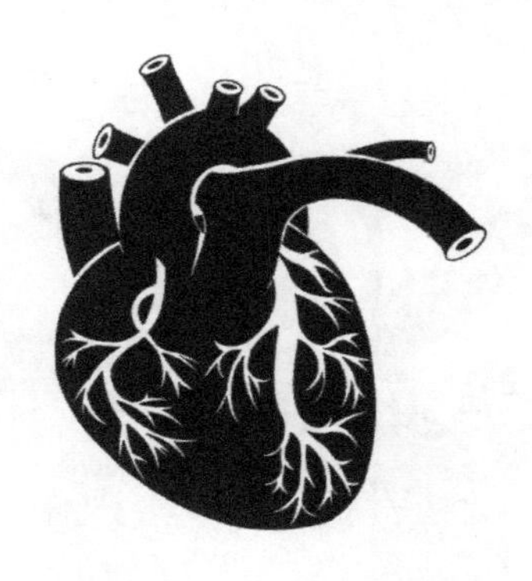

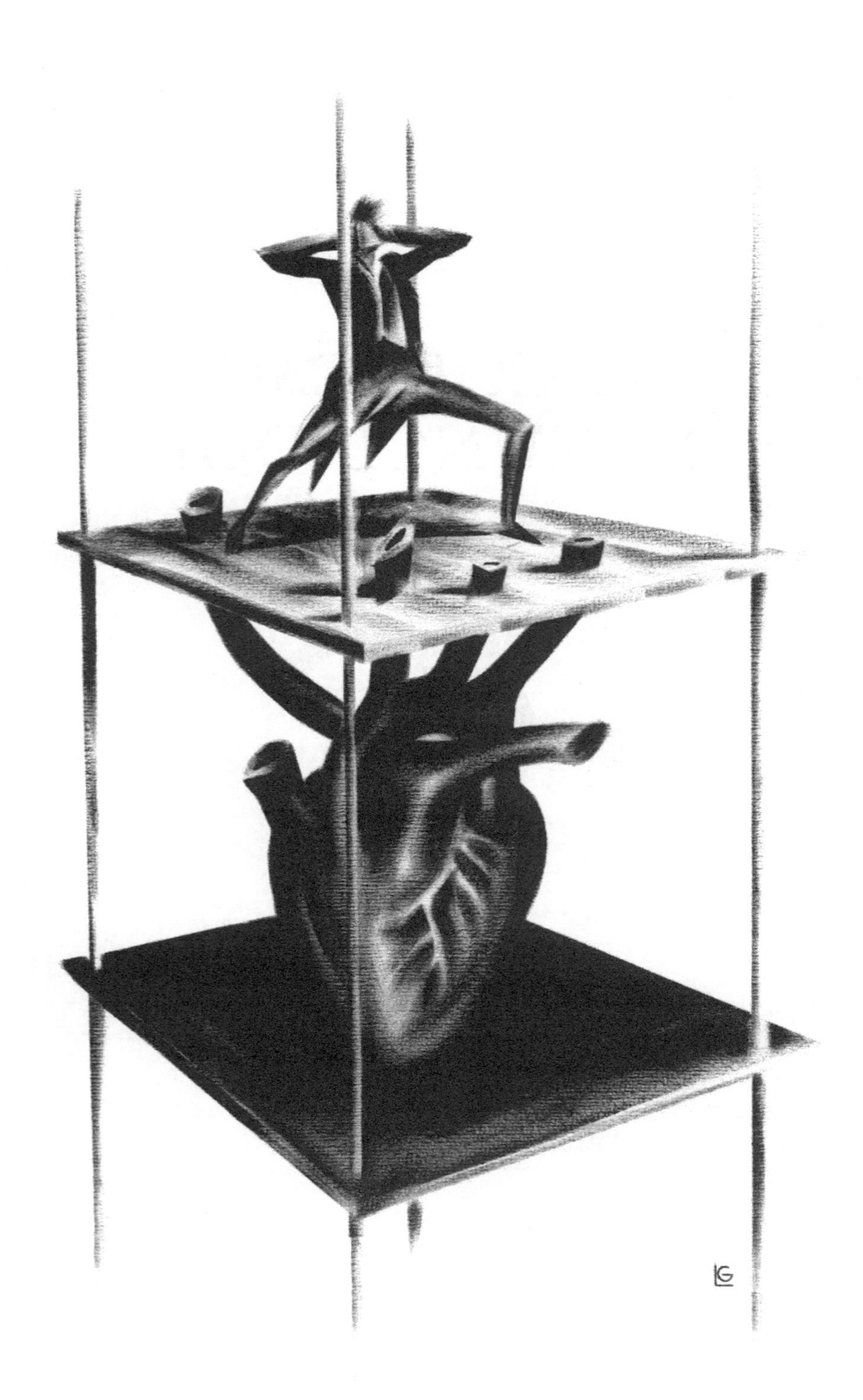

É verdade! Tenho sido muito, muito, terrivelmente nervoso. E sou. Mas por que dizer que sou louco? A doença aguçou meus sentidos, não destruiu nem embotou. Acima de tudo, havia o sentido de ouvir agudamente. Ouvi todas as coisas do céu e da terra, ouvi muitas coisas do inferno. Como é, então, que sou louco? Prestem atenção! E observem com que sanidade, com que tranquilidade posso lhes contar a história toda.

É impossível dizer como é que a ideia surgiu primeiro no meu cérebro. Mas, assim que foi concebida, assombrou-me noite e dia. Não havia motivo. Não havia paixão. Eu adorava o velho. Ele nunca me enganara. Nunca me insultara. Eu não desejava seu ouro. Será que foi o seu olhar? Sim, foi isso! Um dos seus olhos parecia o de um abutre — um olho azul-pálido, com uma membrana de catarata. Sempre que me fixava, meu sangue enregelava; assim, pouco a pouco, bem devagar, imaginei tirar a vida do velho e me libertar daquele olho para sempre!

Agora, é essa a questão. Vocês acham que sou louco. Os loucos não sabem de nada. Mas vocês deveriam ter-me visto. Ter visto como fiz tudo com tanto cuidado, com que prudência, com que dissimulação agi! Nunca fui mais gentil com o velho do que durante a semana antes de matá-lo. E toda noite, por volta da meia-noite, eu girava a maçaneta da sua porta e a abria — com que delicadeza! E daí, quando conseguia uma abertura suficiente para minha cabeça, eu colocava uma lanterna com tampa, toda coberta, para não haver o brilho de nenhuma luz, depois enfiava a cabeça. Ah, vocês ririam se vissem como eu a enfiava com enorme cuidado! Mexia-me devagar, muito, muito devagar, para não atrapalhar o sono do velho. Levava uma hora para colocar toda a cabeça na abertura, para que pudesse vê-lo deitado em sua cama. Ah, um louco seria tão esperto? E aí, quando minha cabeça estava bem no quarto, eu abria a lanterna cuidadosamente oh, com tanto cuidado, com cuidado (porque a dobradiça da tampa rangia)... eu a abria de modo que um raio de luz, único e fino, caísse sobre o olho de abutre. E assim fiz durante sete longas noites — cada noite bem à meia-noite — mas sempre deparei com o olho fechado. Logo, era impossível fazer o trabalho, pois não era o velho que me transtornava, mas seu Olho Mau. Toda manhã, quando nascia o dia, eu ia ousadamente para seu quarto e falava corajosamente com ele, chamando-o pelo nome com um tom caloroso, e perguntava como ele passara a noite. Portanto, vocês veem que ele precisava ser um velho muito esperto para desconfiar que toda noite, bem à meia-noite, eu o espiava enquanto dormia.

Na oitava noite, fui mais cuidadoso do que de costume ao abrir a porta. O ponteiro de minutos de um relógio se mexeria mais depressa que eu. Nunca, antes daquela noite, eu *sentira* a extensão dos meus poderes — da minha sagacidade. Mal podia conter meus sentimentos de triunfo. Pensar que lá estava eu, abrindo a porta, pouco a pouco, e ele nem sonhava com meus atos ou pensamentos secretos. Ri gostosamente com essa ideia; talvez ele tenha me ouvido, pois se mexeu de repente na cama, como que assustado. Agora vocês podem pensar que fui embora — mas não. O quarto estava escuro como breu, com uma escuridão densa (as janelas estavam bem fechadas por causa do medo que tinha dos ladrões), e assim eu sabia que ele não conseguia ver a porta se abrindo, logo continuei empurrando-a mais e mais.

Minha cabeça já estava dentro e eu estava a ponto de abrir a lanterna quando meu polegar escorregou no fecho de lata e o velho se levantou na cama, gritando:

— Quem está aí?

Fiquei bem quieto e não disse nada. Durante uma hora não movi um músculo e, enquanto isso, não o ouvi deitando-se. Estava lá, imóvel, sentado na cama e escutando; bem como eu fizera, noite após noite, ouvindo a morte rondar pelas paredes.

Depois ouvi um leve gemido, e eu sabia que era o gemido do terror mortal. Não era um gemido de dor ou angústia — oh, não!, era o som baixo e abafado que surge das profundezas da alma quando ela se sobrecarrega de medo. Conhecia bem esse som. Muitas noites, à meia-noite, quando o mundo estava dormindo, ele surgia do meu próprio peito, aprofundando, com um eco terrível, os horrores que me assaltavam. Digo que conhecia bem isso. Sabia que o velho sentia e tinha pena dele, embora risse por dentro. Sabia que ele estivera acordado desde o primeiro barulhinho, quando se virara na cama. Desde então seus medos cresceram. Ele tentara pensar que não tinham importância, mas não conseguia. Ficara dizendo a si mesmo: não é nada além do vento na chaminé, é só um rato atravessando o chão. Ou é apenas um grilo que fez barulho por um instante. Sim, ele tentara se confortar com essas suposições, mas fora tudo em vão. *Tudo em vão.* Pois a Morte, ao se aproximar dele, projetara sua sombra negra à sua frente e envolvera a vítima. E era a influência macabra da sombra imperceptível que o fazia sentir — embora não a pudesse ver nem ouvir —, *sentir* a presença da minha cabeça em seu quarto.

Após esperar muito tempo, com muita paciência, sem ouvi-lo deitar-se, resolvi abrir uma pequena — muito, muito pequena fenda na lanterna. Abri-a — não podem imaginar com que cuidado — até que, enfim, um único raiozinho, como o fio de uma aranha, saiu da fenda e caiu sobre o olho de abutre.

Estava aberto — muito, muito aberto — e fiquei furioso ao vê-lo. Vi-o com perfeita nitidez — bem com aquele azul desbotado, com a repulsiva membrana cobrindo-o, que me enregelava até a medula dos ossos. Mas não pude ver nada mais do rosto ou do corpo do velho, pois dirigi o raio, como que por instinto, para o lugar maldito.

E agora — eu não lhes disse que o que tomam por loucura nada mais é do que acuidade dos sentidos? — chegou aos meus ouvidos um som baixo, surdo, rápido, como o de um relógio envolvido em algodão. Também conhecia bem esse som. Era o bater do coração do velho. Ele aumentou minha fúria, como o rufar de um tambor estimula o soldado a ter coragem.

Mas mesmo então me controlei e fiquei imóvel. Mal respirava. Segurava a lanterna sem me mexer. Tentei manter o mais fixo possível o raio sobre o olho. Enquanto isso, o tam-tam infernal do coração aumentava. Tornou-se cada vez mais rápido e mais alto. O terror do velho deveria ser extremo! Ficava mais alto, repito, mais alto a cada instante, entendem? Eu lhes disse que sou nervoso, sou mesmo. E agora, naquela hora morta da noite, no meio do assustador silêncio daquela casa velha, um barulho tão estranho como esse me excitava rumo ao terror incontrolável. Porém, por alguns minutos eu me controlei e fiquei quieto. Mas o bater ficou mais alto, mais alto! Pensei que o coração explodiria. E uma nova ansiedade me dominou: o som poderia ser ouvido por um vizinho! A hora do velho chegara! Com um grito alto, abri a lanterna e pulei para o quarto. Ele gritou uma vez — só uma. Num instante joguei-o no chão e virei a cama pesada sobre ele. Daí sorri alegremente ao descobrir que o trabalho já estava feito. Mas, por muitos minutos, o coração continuou batendo, com um som abafado. Mas isso, porém, não me preocupou; não seria ouvido pela parede. Finalmente parou. O velho estava morto. Afastei a cama e examinei o cadáver. Sim, estava morto, bem morto. Coloquei a mão sobre o coração e a deixei ali vários minutos. Não havia pulsação. Estava completamente morto. O olho não me perturbaria mais.

Se vocês ainda acham que sou louco, não pensarão mais isso ao lhes contar as precauções habilíssimas que tomei para esconder o corpo. A noite avançava e trabalhei apressadamente, mas em silêncio. Primeiro, esquartejei o corpo. Cortei a cabeça, os braços e as pernas. Depois, retirei três tábuas do assoalho e coloquei tudo entre os vãos. Recoloquei, então, as tábuas muito habilmente, com todo o cuidado; nenhum olho humano — nem mesmo o *dele* — poderia ter descoberto nada errado. Não havia nada para lavar, nenhuma mancha de qualquer tipo, nenhuma marca de sangue. Tivera todo o cuidado de evitá-las. Uma tina resolvera tudo — ah! ah!

Quando acabei o trabalho, eram quatro horas — ainda estava escuro como à meia-noite. Quando o sino soou a hora, bateram na porta da rua. Fui abri-la bem à vontade, pois o que tinha *agora* a temer? Entraram três homens que se apresentaram, com total delicadeza, como policiais. Um vizinho ouvira um grito durante a noite; houve suspeita de algum crime e foram dar queixa na delegacia, de onde eles (os policiais) foram enviados para investigação.

Sorri — pois *o que eu* tinha a temer? Disse que os cavalheiros eram bem-vindos. O grito, afirmei, tinha sido meu, por causa de um sonho. Levei os visitantes a uma ronda por toda a casa. O velho, mencionei, estava fora, no campo. Levei os visitantes por toda a casa. Instei-os a dar busca — *cuidadosamente*. Levei-os, enfim, ao quarto *dele*. Mostrei-lhes seus tesouros, seguro, imperturbável. No entusiasmo da minha confiança, trouxe cadeiras para o quarto e convidei-os a descansar *ali*, enquanto eu, na audácia louca do meu triunfo perfeito, coloquei minha cadeira em cima do lugar exato em que repousava o cadáver da vítima.

Os policiais estavam satisfeitos. Meu *jeito* os convencera. Eu estava muito à vontade. Sentaram-se e, enquanto eu respondia alegremente, a conversa passou a coisas familiares. Mas, pouco depois, senti que empalidecia e desejei que fossem embora. Meu coração começou a doer e imaginei um latejar nos ouvidos. Mas eles ficaram sentados ali, conversando. O latejar se tornou mais distinto; continuava e cada vez mais nítido. Falei mais e mais, para escapar da sensação, mas ela continuou e ganhou uma grande clareza, até que, enfim, descobri que o barulho não era dentro do meu ouvido.

Então, sem dúvida, fiquei bem pálido — mas falei mais ainda e com uma voz mais alta. Porém, o som aumentava — e o que poderia fazer? *Era um som baixo, surdo, rápido — como o de um relógio envolvido em algodão.* Eu respirava com dificuldade, mas os policiais pareciam não notar nada. Falei mais depressa e com mais veemência, contudo o som crescia constantemente. Levantei-me e fiz perguntas sobre bobagens, bem alto e gesticulando muito. Mas o barulho continuou aumentando. Por que eles não iam embora? Andei de um lado para outro com passos largos e pesados, como que excitado até à fúria pelas observações dos homens, mas o barulho continuou aumentando. Oh, meu Deus! O que poderia fazer? Espumei, enfureci-me, xinguei! Girei a cadeira em que estava sentado e a arrastei sobre as tábuas, mas o barulho soou acima de tudo e aumentou sem parar. Ficou mais alto, mais, *mais*! E os homens continuaram conversando gostosamente, sorrindo. Era possível não terem ouvido? Deus Todo-Poderoso! Não, não! Eles ouviram — desconfiavam — *sabiam!* — estavam zombando do meu horror! — pensei isso, pensei. Mas qualquer coisa era melhor do que essa agonia! Qualquer coisa seria preferível a essa zombaria! Não aguentava mais aqueles sorrisos hipócritas! Senti que precisava gritar ou morrer! — e agora — outra vez! Ouçam! Mais alto! Mais! *Mais*! Mais!...

— Bandidos! — gritei. — Não finjam mais! Confesso o crime! Arranquem as tábuas! Aqui, aqui! É o bater desse seu coração horrível!

BERENICE

Dicebant mihi sodales, si sepulchrum
amicae visitarem, curas
meas aliquantulum fore levatas.

Ebn Zaiat

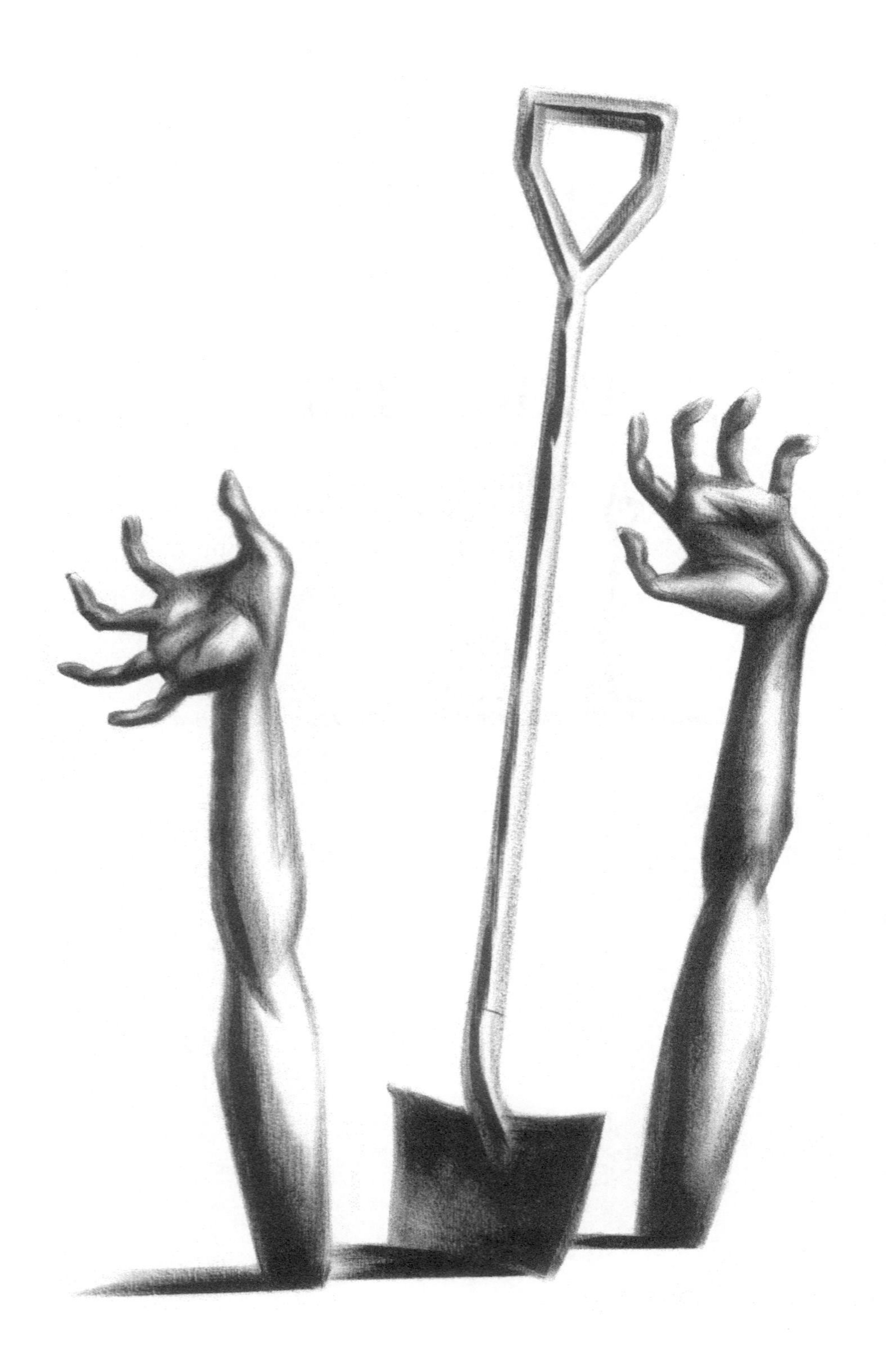

A miséria é múltipla. O infortúnio da terra é multiforme. Abrangendo o vasto horizonte como o arco-íris, seus tons são tão variados quanto as cores daquele arco — tão diferentes também, embora da mesma forma intimamente combinados. Abrangendo o vasto horizonte como o arco-íris! Como é que da beleza derivei um tipo de ausência de encanto? Do pacto da paz, um simulacro da aflição? Mas, como na ética o mal é uma consequência do bem, assim também a tristeza provém da alegria. Ou a lembrança da felicidade passada é a angústia de hoje; ou as agonias que são têm sua origem nos êxtases que poderiam ter sido.

Meu nome de batismo é Egeu; o da minha família não mencionarei. Porém, não há torres no país mais reverenciadas do que as minhas salas melancólicas, cinzentas e hereditárias. Nossa linhagem tem sido chamada de raça de visionários, e em certos detalhes notáveis — no caráter da mansão familiar, nos afrescos do salão principal, nas tapeçarias dos quartos de dormir, no cinzelado de algumas colunas da sala de armas, contudo, mais particularmente na galeria de quadros antigos, no estilo da biblioteca e, por fim, na natureza muito peculiar do conteúdo da biblioteca — há provas mais que suficientes para justificar a afirmativa.

As lembranças dos meus primeiros anos se ligam com aquela sala e seus volumes, dos quais não direi mais nada. Aqui morreu minha mãe. Aqui eu nasci. Mas é inútil dizer que não vivi antes, que a alma não existiu anteriormente. Você nega isso? Não vamos discutir a questão. Já que me convenci disso, não tentarei convencer.

Porém, há uma recordação de formas aéreas, de olhos espirituais e significativos, de sons musicais, embora tristes; uma lembrança que não será excluída, uma reminiscência parecida com uma sombra, também na impossibilidade de me livrar dela enquanto existir a luz solar de minha razão.

Naquele cômodo eu nasci. Despertando assim da longa noite do que parecia, mas não era, o nada, para entrar imediatamente nas próprias regiões da terra da fantasia — num palácio da imaginação, nos domínios selvagens do pensamento monástico e da erudição —, não é de admirar que lançasse em torno de mim um olhar espantado e ardente, que tenha gasto minha infância em livros e dissipado minha juventude em sonhos; mas é singular que, à medida que os anos passavam, e o auge da maturidade me encontrava ainda na mansão dos meus pais, é maravilhoso que a estagnação ali tenha caído sobre as fontes da minha vida; é maravilhoso como uma inversão tão total tenha acontecido na natureza dos meus pensamentos mais comuns. As realidades do mundo afetaram-me como visões e só como tal, enquanto as ideias loucas da terra dos sonhos se tornaram, em troca, não o material da minha existência cotidiana, mas, no final das contas, a minha total e única existência.

* * *

Berenice e eu éramos primos, e crescemos juntos na casa dos meus pais. Porém, crescemos de modo bem diferente — eu, de saúde fraca e mergulhado em melancolia; ela, ágil, graciosa e transbordante de energia. Para ela, as subidas pelas encostas das colinas; para mim, os estudos na reclusão; eu, encerrado dentro do meu próprio coração e dedicado, de corpo e alma, à meditação mais intensa e aflitiva. Ela, avançando descuidada pela vida, sem pensar nas sombras do seu caminho ou no vão silencioso das horas marcadas pelas asas agourentas. Berenice! Repito seu nome — Berenice! — e das ruínas cinzentas da memória, mil lembranças tumultuadas se alvoroçam com esse som! Ah, é tão viva agora a sua imagem diante de mim, como naqueles dias de sua despreocupação e alegria! Oh, beleza deslumbrante e fantástica! Oh, sílfide entre os arbustos de Arnheim! Oh, náiade entre as fontes! E daí — daí tudo é mistério e terror, e uma história que não deveria ser contada. Doença — uma doença fatal atingiu-a como o vento simum; e, mesmo enquanto eu a olhava, o espírito da mudança passou sobre ela, afetando sua mente, seus hábitos e seu caráter, perturbando, da maneira mais sutil e terrível, até a sua própria personalidade! Ai, o destruidor chegou e foi embora! — e a vítima, onde está ela? Não a conhecia mais — ou não a conhecia mais como Berenice!

Entre o numeroso elenco de doenças originadas por aquela fatal e primeira, que causou uma revolução tão horrível no moral e no físico de minha prima, pode ser mencionada como a mais angustiante e persistente uma espécie de epilepsia que muitas vezes se transformava em *transe*, transe que se parecia muito com a morte efetiva e cuja forma de recuperação era, com frequência, espantosamente abrupta. Ao mesmo tempo, minha própria doença — pois me disseram que não devo chamá-la por nenhum outro nome — então evoluiu rapidamente e por fim assumiu um aspecto monomaníaco de uma forma nova e extraordinária, ganhando vigor constantemente, a cada hora, e a longo prazo conseguindo a mais incompreensível influência sobre mim. Esta monomania, se preciso nomeá-la assim, consistia numa irritabilidade mórbida daquelas propriedades da mente que, na ciência metafísica, são chamadas de "ligadas à atenção". É mais do que provável que eu não seja entendido, mas receio, sem dúvida, que não haja maneira possível de exprimir para a mente do leitor comum uma ideia adequada dessa *intensidade de interesse nervosa* com que, em meu caso, os poderes da meditação (para não falar tecnicamente) se aplicavam e se encerravam na contemplação dos mais comuns objetos do universo.

Cismar por longas e incansáveis horas, com a atenção dirigida a algum detalhe frívolo na margem ou na tipografia de um livro; ficar absorvido, durante a maior parte de um dia de verão, numa sombra curiosa que cai obliquamente numa tapeçaria ou no chão; perder-me, por toda uma noite, observando a chama constante de um lampião ou as brasas de uma lareira; sonhar dias inteiros ante o perfume de uma flor; repetir monotonamente algumas palavras comuns até que o som, devido à repetição frequente, cesse de significar qualquer ideia para a mente; perder todo sentido de momento ou de existência física, por causa da imobilidade corporal absoluta longa e persistentemente exercitada; estes eram alguns dos mais comuns e menos perniciosos devaneios induzidos por uma condição das faculdades mentais, certamente não sem paralelo, mas que desafiavam qualquer espécie de análise ou explicação.

Porém, vamos ser mais explícitos. A atenção indevida, ávida e mórbida, assim despertada por objetos frívolos por natureza, não deve ser confundida em gênero com a propensão à meditação comum a toda a humanidade, mas praticada especialmente pelas pessoas de imaginação ardente. Não era, como se poderia supor inicialmente, nem uma condição extrema ou o exagero dessa propensão, mas sobretudo e essencialmente distinta e diferente. Num exemplo, o sonhador, ou entusiasta, interessado por um objeto habitualmente não frívolo, perde imperceptivelmente a visão desse objeto numa selva de deduções e sugestões originadas da conclusão de um devaneio frequentemente repleto de luxúria, até ele achar o *incitamentum*, ou causa primeira de seus delírios, inteiramente desaparecido e esquecido. Em meu caso, o objeto primeiro era *invariavelmente frívolo*, embora assumindo, graças a minha visão perturbada, uma importância virtual e irreal. Poucas deduções eram feitas, se é que eram, e essas poucas insistiam em girar em torno do centro que era o objeto original. As meditações *nunca* eram agradáveis e, como no fim do devaneio, a causa primeira, longe de ficar fora de vista, atingia aquele interesse sobrenaturalmente exagerado que era o aspecto dominante da doença. Numa palavra, os poderes da mente mais especialmente exercitados eram, comigo, como disse antes, os relativos à *atenção* e no cismador, à *especulação*.

Meus livros, nessa época, se não serviam realmente para aguçar a desordem, como se perceberá, compartilhavam bastante, na sua natureza imaginativa e consequente, as qualidades características da própria desordem. Lembro-me bem, dentre outros, do trabalho do nobre italiano Coelius Secundus Cursi, *De Amplitudine Beati Regni Dei*; da grande obra de Santo Agostinho, *A Cidade de Deus;* e *De Carne Christi*, de Tertuliano, na qual a frase paradoxal *Mortus est Dei filius; credibile est quia ineptum est; et sepultus resurrexit; certum est quia impossibile est* ocupou meu tempo integral durante muitas semanas de investigação laboriosa e infrutífera.

Por isso, pode parecer que, abalada no seu equilíbrio só por coisas triviais, minha razão tivesse uma semelhança com aquela rocha no oceano citada por Ptolomeu Heféstio, que, firmemente resistindo aos ataques da violência humana e à fúria mais furiosa das águas e dos ventos, tremia ao toque da flor chamada asfódelo. E embora, para um pensador desatento, possa parecer uma questão fora de dúvida, que a alteração produzida pela lamentável doença na condição *moral* de Berenice propiciaria muitos motivos para o exercício daquela meditação intensa e anormal cuja natureza tive certa dificuldade em explicar, tal coisa não aconteceu. Nos intervalos de lucidez da minha enfermidade, a calamidade que a atingia na verdade me fazia mal, e afligia-me profundamente o coração aquela ruína total de sua vida alegre e gentil; por isso, não deixava de pensar, muitas vezes e com amargura, nas razões inimagináveis que causaram tão repentinamente uma mudança tão estranha. Mas essas reflexões não compartilhavam a idiossincrasia da minha doença, e teriam ocorrido, sob circunstâncias semelhantes, ao comum dos homens. Fiel a seu próprio caráter, meu distúrbio concentrava-se nas alterações menos importantes, porém mais espantosas, acontecidas na estrutura *física* de Berenice — na distorção singular e muito surpreendente de sua personalidade.

Durante os tempos mais esplendorosos de sua beleza sem igual, com certeza eu nunca a amei. Na estranha anomalia da minha vida, os sentimentos *nunca foram* do coração; minhas paixões *sempre eram* da mente. Pelo cinza do começo da manhã, entre as sombras entrelaçadas da floresta ao meio-dia e no silêncio da minha biblioteca à noite, ela passara rapidamente diante de meus olhos e eu a vira — não como a Berenice que vivia e respirava, mas como a Berenice de um sonho; não como um ser da terra, concreto, mas como a abstração de um ser assim; não como uma coisa para admirar, mas para analisar; não como um objeto de amor, mas como o tema da especulação mais abstrusa, embora incoerente. E *agora* — agora eu tremia à sua presença, ficava pálido quando ela se aproximava; mesmo lamentando com aflição sua situação decadente e triste, eu lembrava que ela me amara durante muito tempo e, num péssimo momento, a pedi em casamento.

Aproximava-se, enfim, o período de nossa união quando, numa tarde de inverno daquele ano — um daqueles dias fora da estação, quentes, tranquilos e enevoados, que são como a babá da bela Alcíone* —, eu estava (e, como imaginava, sozinho) no canto mais profundo da biblioteca. Mas, ao levantar os olhos, vi que Berenice estava de pé à minha frente.

Foi minha imaginação excitada — ou a influência nebulosa da atmosfera, ou a iluminação incerta do cômodo, ou as roupas acinzentadas que caíam em torno de seu corpo — que lhe deu um aspecto tão vacilante e indistinto? Não posso dizer. Ela não falou, e eu, por nada no mundo poderia ter pronunciado uma palavra. Um arrepio gelado percorreu-me o corpo; um sentimento de ansiedade insuportável me oprimiu; uma curiosidade que me consumia dominou minha alma e, recostando-me mais na cadeira, fiquei sem respirar e sem me mexer por algum tempo, com os olhos fixos nela. Puxa! Sua magreza era excessiva e nenhum vestígio da pessoa que fora restava em qualquer linha de sua aparência. Afinal, meus olhares ardentes chegaram ao rosto.

A testa era alta, muito pálida e singularmente plácida; o cabelo, antes muito negro, caía parcialmente sobre ela e projetava uma sombra sobre as faces cavadas com muitos anéis, agora de um amarelo vivo, que contrastava francamente, pelo seu aspecto fantástico, com a melancolia predominante no rosto. Os olhos eram sem vida,

* Pois como Júpiter, durante o inverno, dava duas vezes sete dias de calor, os homens chamavam esse tempo fresco e temperado de "babá da bela Alcíone" (E. A. Poe).

sem brilho e aparentemente sem pupilas; fugi involuntariamente daquele olhar vítreo para contemplar os lábios finos e apertados. Eles se abriram e, num sorriso bem significativo, os *dentes* da transformada Berenice foram se mostrando devagar para mim. Quisesse Deus que eu nunca os tivesse visto ou que, tendo-os visto, tivesse morrido!

Uma porta batendo me assustou e, olhando para cima, descobri que minha prima saíra dali. Mas da perturbada região do meu cérebro ela não saíra, e não poderia ser afastado o *espectro* branco e horrível dos dentes. Não havia nenhuma mancha na sua superfície, nenhuma falha no esmalte, nenhuma irregularidade em seu contorno — mas aquele breve instante do seu sorriso bastara para gravá-lo na minha memória. *Agora* eu os via mais distintamente do que antes. Os dentes! Os dentes! Lá estavam eles, aqui, ali, em toda parte, visível e palpavelmente diante de mim; compridos, estreitos e excessivamente brancos, com os lábios pálidos apertados contra eles, como naquele primeiro momento de seu terrível crescimento. Daí precipitou-se a fúria total da minha *monomania* — e lutei em vão contra sua influência estranha e irresistível. Não conseguia pensar nos múltiplos objetos do mundo externo, só nos dentes. Eu os queria com um desejo frenético. Todos os outros assuntos e todos os interesses variados se absorveram na contemplação única deles. Eles — só eles estavam presentes na visão mental, e, na sua única individualidade, tornaram-se a essência da minha vida mental. Via-os sob todos os aspectos. Examinava-os por todos os lados. Concentrei-me nas suas características. Mergulhei nas suas peculiaridades. Refleti sobre sua conformação. Delirei sobre a alteração da sua natureza. Tremi ao lhes conceder, na imaginação, um poder de sensibilidade e de sentimento, e até, quando sem os lábios, uma capacidade de expressão moral. Com razão se dizia de Mademoiselle Sallé que *todos os seus passos eram sentimentos*, e de Berenice eu acreditava mais seriamente que *todos os seus dentes eram ideias. Ideias!*Esse foi o pensamento idiota que me destruiu! — e por isso eu os cobiçava tanto, eu sentia que possuí-los poderia restabelecer minha paz, dar-me a razão outra vez.

Foi assim que a noite se cerrou sobre mim — as sombras vieram, demoraram-se e foram embora. O dia amanheceu novamente e as névoas de uma segunda noite estavam se juntando, mas lá estava eu sentado, imóvel, naquele cômodo solitário, enterrado em meditações; o *fantasma* dos dentes dela continuava seu terrível domínio e, com a nitidez mais viva e horrível, flutuava entre as luzes cambiantes e as sombras da biblioteca. Finalmente, irrompeu dentre meus sonhos um grito de horror e tristeza, seguido, após uma pausa, pelo som de vozes desesperadas, entremeadas com muitos gemidos baixos de tristeza e de dor. Levantei-me da poltrona e, escancarando uma das portas da biblioteca, vi uma criada, em lágrimas, na antecâmara, dizendo-me que Berenice havia... morrido! Fora acometida pela epilepsia no começo da manhã e agora, no cair da noite, a tumba estava pronta para sua ocupante, estando prontos todos os preparativos para o funeral.

* * *

Descobri que estava sentado na biblioteca, sentado ali sozinho. Parecia que eu acabara de acordar de um sonho confuso e excitante. Eu sabia que agora era meia-noite e estava consciente de que Berenice se encontrava enterrada desde o pôr do sol. Mas do período que decorrera desde então eu não tinha nenhuma percepção definida. Porém, sua lembrança estava repleta de horror — horror mais horrível por ser vago, e terror mais terrível por ser ambíguo. Era uma página apavorante do registro da minha existência, escrita com recordações difusas, pavorosas e ininteligíveis. Tentei decifrá-las, mas em vão; de vez em quando, como o espírito de um som partido, o grito agudo e penetrante de uma voz de mulher parecia soar nos meus ouvidos. Eu fizera alguma coisa — o quê? Fiz-me essa pergunta em voz alta e os ecos sussurrantes do lugar me responderam: *O que foi?*

Sobre a mesa ao lado havia um lampião aceso e perto dele uma caixinha. Não era nada de especial e eu a vira frequentemente ali, pois era do médico da família; mas como é que chegara *ali*, sobre minha mesa, e por que eu tremia ao olhar para ela? Mas essas coisas não eram importantes em si, e logo meus olhos se desviaram para as páginas abertas de um livro, para uma frase sublinhada. As palavras eram as singulares e simples do poeta Ebn Zaiat: *Dicebant mihi sodales, si sepulchrum amicae visitarem, curas meas aliquantulum fore levatas.* Por que, então, ao lê-las, os cabelos da minha cabeça se eriçaram nas pontas e o sangue do meu corpo se congelou nas veias?

Então, soou uma batida leve na porta da biblioteca — e, pálido como um morador de um túmulo, um criado entrou na ponta dos pés. Seu rosto estava enlouquecido de pavor e ele falou com voz trêmula, rouca e muito baixa. O que ele disse? Algumas frases entrecortadas eu ouvi. Ele falou de um grito selvagem que perturbou o silêncio da noite e fez todos da casa se reunir, buscando alguma coisa na direção do som; daí sua voz se tornou espantosamente ní-

tida quando sussurrou sobre uma tumba violada, um corpo desfigurado e amortalhado, que ainda respirava — ainda palpitava — *ainda vivo*!

Apontou para minhas roupas; elas estavam enlameadas e salpicadas de sangue. Não falei nada e ele pegou minha mão delicadamente: estava toda marcada pelos sinais de unhas humanas. Chamou minha atenção para um objeto encostado na parede. Olhei-o por alguns instantes: era uma pá. Com um grito, fui até a mesa e peguei a caixa que estava sobre ela. Mas não consegui abri-la; no meu tremor, ela escorregou das minhas mãos e caiu pesadamente, estilhaçando-se. Dela, com um som chacoalhante, caíram alguns instrumentos de dentista, misturados com trinta e duas coisas pequenas, brancas e parecendo de marfim, que se espalharam para lá e para cá no chão.

O GATO NEGRO*

* Tradução de José Rubens Siqueira; já publicado em *O escaravelho de ouro e outras histórias*, também da série Eu Leio.

Não espero nem peço que acreditem na narrativa tão estranha e ainda assim tão doméstica que estou começando a escrever. Louco, de fato, eu seria se esperasse por isso, num caso em que até meus sentidos rejeitam seu próprio testemunho. No entanto, louco eu não sou — e com toda a certeza não estou sonhando. Mas se morro amanhã, hoje alivio minha alma. Meu objetivo imediato é apresentar ao mundo, sucintamente e sem comentários, uma série de eventos meramente domésticos. Em suas consequências, tais fatos aterrorizaram — torturaram — destruíram minha pessoa. No entanto, não vou tentar explicá-los. Para mim representaram apenas horror — para muitos vão parecer menos terríveis do que barrocos. No futuro, talvez, algum intelecto será capaz de reduzir meu fantasma ao lugar-comum — algum intelecto mais calmo, mais lógico e muito menos excitável que o meu, que vai perceber, nas circunstâncias que detalho com pasmo, nada mais que uma sucessão habitual de causas e efeitos muito naturais.

Desde a infância me destaquei pela docilidade e humanidade de meu temperamento. Minha ternura de coração chegava a ser tão aparente a ponto de fazer de mim o objeto de caçoada de meus companheiros. Gostava especialmente de animais, e meus pais me permitiam ter grande variedade de bichos. Com eles passava a maior parte do tempo. Nada me deixava mais contente do que lhes dar comida e carinho. Essa peculiaridade de caráter aumentou com meu crescimento e, já adulto, constituía uma de minhas principais fontes de prazer. Para aqueles que já gozaram o afeto de um fiel e sagaz cachorro, dificilmente precisarei me dar ao trabalho de explicar a natureza ou a intensidade da gratificação que assim se recebe.

Existe alguma coisa no amor generoso e abnegado de um irracional que vai direto ao coração daquele que tem ocasião frequente de testar a reles amizade e débil fidelidade do mero *Ser Humano.*

Casei cedo e fiquei feliz ao descobrir em minha mulher uma tendência nada incompatível com a minha. Notando minha predileção por animais domésticos, ela não perdia oportunidade de me trazer os de tipo mais agradável. Tínhamos passarinhos, peixes dourados, um belo cachorro, coelhos, um macaquinho e um *gato.*

Este último era um animal excepcionalmente grande e bonito, todo negro, e inteligente a um grau surpreendente. Ao falar de sua inteligência, minha mulher, que no fundo não era nada tocada pela superstição, mencionava frequentemente a crença popular que considera todos os gatos negros como bruxas disfarçadas. Não que ela jamais falasse *a sério* sobre isso — e se chego a mencionar o assunto é só porque me aconteceu, agora mesmo, lembrar disso. Pluto — esse era o nome do gato — era meu bicho e companheiro de brincadeiras favorito. Só eu lhe dava comida, e estava a meu lado aonde quer que eu fosse pela casa. Tinha até dificuldade em evitar que me seguisse pelas ruas.

Nossa amizade durou, dessa maneira, por vários anos, durante os quais meu temperamento e caráter gerais — por obra do demônio da Intemperança — passou (me envergonho de contar) por uma radical alteração para o pior. Dia a dia, eu ficava mais mal-humorado, mais irritável, mais desconsiderado com os sentimentos dos outros. Chegava a usar linguagem imoderada com minha mulher. Com o tempo, cheguei a usar de violência pessoal com ela. Meus bichos, é claro, sentiram a mudança em meu temperamento. Eu não só negligenciava, eu os maltratava. Com Pluto, porém, ainda guardava suficiente consideração para evitar quaisquer maus-tratos, apesar de não ter o menor escrúpulo de espancar os coelhos, o macaco ou até mesmo o cachorro quando, por acaso ou por afeto, cruzavam meu caminho. Mas a doença foi crescendo dentro de mim — pois que doença se iguala ao álcool? — e com o tempo até Pluto, que estava agora ficando velho e consequentemente um tanto irritadiço — até mesmo Pluto começou a sentir os efeitos de meu mau humor.

Uma noite, ao voltar para casa, muito embriagado, de uma de minhas rondas pela cidade, achei que o gato estava evitando minha presença. Agarrei-o e então ele, assustado com essa violência, fez um pequeno ferimento com os dentes em minha mão. A fúria de um demônio imediatamente me possuiu. Não sabia mais quem era. Minha alma original parecia, de repente, ter fugido do meu corpo; e uma maldade mais que demoníaca, alimentada pelo gim, percorreu cada fibra de meu ser. Tirei do bolso do colete um canivete, abri, agarrei o pobre animal pelo pescoço e, decidido, arranquei um de seus olhos da órbita! Fico vermelho, queimo, estremeço ao descrever essa atrocidade danada.

Quando a razão retornou com a manhã — tendo já eliminado no sono os vapores do deboche da noite — experimentei um sentimento meio de horror, meio de remorso, pelo crime do qual era culpado; mas era, quando muito, um sentimento fraco e equívoco, e a alma permaneceu intocada. Mergulhei de novo no excesso e logo afoguei em vinho toda a lembrança do acontecido.

Enquanto isso o gato se recuperava devagar. A órbita do olho perdido apresentava, é verdade, aparência assustadora, mas ele não parecia mais sentir qualquer dor. Andava pela casa como sempre, mas, como era de se esperar, fugia em terror extremo ao me aproximar. Ainda me sobrava o suficiente do velho coração para me ofender, a princípio, com essa evidente antipatia por parte de uma criatura que antes tinha me amado tanto. Porém esse sentimento logo deu lugar à irritação. E surgiu então, como se para minha final e inelutável derrocada, o espírito da PERVERSIDADE. Desse espírito a filosofia não toma conhecimento. No entanto, assim como acredito que minha alma está viva, acredito também que a perversidade é um dos impulsos primitivos do coração humano — uma das faculdades, ou sentimentos, primárias e indivisíveis que dão a direção do caráter do Ser Humano. Quem já não se viu, centenas de vezes, cometendo uma ação vil ou estúpida, pela simples razão de saber que *não* deve? Não temos a perpétua tendência, apesar de nossa melhor consciência, de violar aquilo que é *Lei*, simplesmente porque sabemos que é lei? Esse espírito de perversidade, eu diria, provocou minha derrocada final. Foi esse insondável desejo da alma de *envergonhar a si mesma* — de violentar sua própria natureza — de fazer o mal apenas pelo mal — que me levou a continuar e finalmente consumar a injúria que infligi ao inocente animal. Certa manhã, a sangue-frio, passei um laço pelo seu pescoço e o enforquei no galho de uma árvore; — enforquei-o com lágrimas correndo dos olhos e com o mais amargo remorso em meu coração; — enforquei-o *porque* sabia que ele me amara e *porque* sentia que não tinha me dado qualquer razão para ofensa; enforquei-o *porque* sabia que assim fazendo estava cometendo um pecado — um pecado mortal que ia comprometer tanto minha alma imortal que ela ficaria — se tal coisa fosse possível — além do alcance da misericórdia infinita do Mais Misericordioso e Mais Terrível Deus.

Na noite do dia em que cometi esse ato cruel, fui acordado do sono pelo rugir do fogo. O cortinado de minha cama estava em chamas. Toda a casa estava queimando. Foi com grande dificuldade que minha mulher, uma criada e eu próprio escapamos do incêndio. A destruição foi completa. Toda a minha riqueza terrena tinha sido tragada e daí em diante me resignei ao desespero.

Estou acima da fraqueza de buscar estabelecer uma relação de causa e efeito entre o desastre e a atrocidade. Mas estou detalhando uma sucessão de fatos — e não quero deixar imperfeito nenhum elo possível. No dia seguinte ao incêndio, fui visitar as ruínas. As paredes, com exceção de uma, tinham vindo abaixo. Essa exceção era uma parede divisória, não muito grossa, que ficava mais ou menos no centro da casa e na qual se encostava a cabeceira da cama. O reboco ali resistira, em grande parte, à ação do fogo — coisa que atribuí ao fato de ter sido aplicado recentemente. Em torno dessa parede se juntava uma densa multidão, e muitas pessoas pareciam estar examinando um ponto em particular com atenção muito minuciosa e aplicada. As palavras "estranho!", "esquisito!" e outras expressões similares despertaram minha curiosidade. Aproximando-me, vi, como que gravada em baixo-relevo na superfície branca, a figura de um *gato* gigantesco. A impressão que se tinha era de maravilhosa exatidão. Havia uma corda em volta do pescoço do animal.

Quando me deparei pela primeira vez com essa aparição — pois não podia considerar aquilo de outra forma — minha surpresa e terror foram extremos. Mas aos poucos a ponderação veio em meu auxílio. O gato, eu me lembrava, tinha sido enforcado num jardim ao lado da casa. Com o alarma do fogo, esse jardim tinha sido imediatamente tomado pela multidão — alguém dessa turba deve ter retirado o animal da árvore, jogando-o, pela janela aberta, para dentro de meu quarto. Isso foi feito, provavelmente, com a intenção de me despertar do sono. A queda das outras paredes comprimiu a vítima de minha crueldade no reboco aplicado havia pouco, cuja cal, junto com as chamas e o amoníaco da carcaça, produziu o retrato que eu enxergava.

Apesar de explicar assim prontamente à razão, se não à consciência, o surpreendente fato que acabei de descrever, ele não deixou de me causar profunda impressão. Por vários meses não consegui me livrar do fantasma do gato; e durante esse período retornou a meu espírito um quase sentimento, que parecia, mas não era, remorso. Cheguei até a lamentar a perda do animal e a procurar em torno de mim, nos antros miseráveis que agora frequentava habitualmente, outro animal da mesma espécie e de aparência um pouco semelhante, com que pudesse substituí-lo.

Sentado, uma noite, meio estupidificado, num antro mais que infame, minha atenção foi despertada por certo objeto preto, que repousava em cima de uma das imensas barricas de gim ou rum que constituía a mobília principal da sala. Eu olhava fixamente para o topo dessa barrica havia alguns minutos, e o que agora me surpreendia era o fato de não ter percebido antes o objeto que ali estava. Aproximei-me e toquei nele com a mão. Era um gato preto — muito grande — tão grande quanto Pluto e muito parecido com ele em todos os aspectos, menos um. Pluto não tinha sequer um pelo branco em nenhuma parte do corpo, mas este gato trazia uma grande mancha branca, apesar de indefinida, cobrindo quase toda a região do peito.

Ao meu toque ele se levantou imediatamente, ronronando alto, esfregou-se contra minha mão e pareceu deliciado com meu interesse. Era, portanto, exatamente a criatura que eu estava buscando. Na mesma hora propus comprar o gato ao proprietário, mas este disse que não era o dono — que não sabia nada dele — que nunca o tinha visto antes.

Continuei com os afagos e, quando me preparava para sair, o animal demonstrou vontade de me acompanhar. Deixei-o fazer isso, curvando-me e fazendo-lhe agrados enquanto andava. Ao chegarmos a casa domesticou-se depressa e imediatamente se tornou o grande favorito de minha mulher.

De minha parte, logo descobri que uma antipatia por ele crescia dentro de mim. Era justamente o contrário do que eu tinha imaginado; mas — não sei como, nem por quê — seu evidente carinho por mim me incomodava e aborrecia bastante. Muito gradualmente esses sentimentos de incômodo e aborrecimento desenvolveram o amargor do ódio. Eu evitava a criatura; mas certa sensação de vergonha e a lembrança do ato de crueldade anterior me impediam de violentar fisicamente o animal. Por algumas semanas, não bati nem agi violentamente com ele de nenhuma outra forma; mas gradualmente — muito gradualmente — passei a olhar para ele com indizível aversão e a fugir silenciosamente de sua odiosa presença, como do bafo da peste.

O que, sem dúvida, aumentou meu ódio pelo animal foi ter descoberto — na manhã que se seguiu à noite em que o havia trazido para casa — que, como Pluto, ele também tinha perdido um dos olhos. Esse fato, no entanto, só o tornava mais querido por minha mulher, que, como eu já disse, possuía em alto grau aquela humanidade de sentimento que um dia tinha sido traço característico meu e fonte de muitos de meus prazeres mais simples e mais puros.

A predileção desse animal por mim parecia aumentar, porém, na razão direta de minha aversão por ele. Seguia meus passos com uma insistência que dificilmente poderia fazer o leitor compreender. Toda vez que me sentava, ele se encolhia debaixo da cadeira ou pulava em meus joelhos, cobrindo-me com suas repugnantes carícias. Se me levantava para andar, ele se punha entre meus pés e assim quase me derrubava, ou então, enfiando as unhas compridas e afiadas em minha roupa, subia até meu peito. Nessas ocasiões, apesar de eu desejar acabar com ele num golpe, não me permitia fazer isso, em parte por causa da memória do crime anterior, mas principalmente — confesso logo — por causa de meu absoluto *pavor* do animal.

Esse pavor não era exatamente um pavor de mal físico — mas assim mesmo não seria capaz de defini-lo de outra forma. Tenho quase vergonha de reconhecer — é, até mesmo nesta cela de criminoso, tenho quase vergonha de admitir — que o terror e o horror que o animal me inspirava tinham sido aumentados por uma das fantasias mais simplórias que se pode conceber. Minha mulher me chamou a atenção, mais de uma vez, para o aspecto da mancha de pelo branco de que já falei e que era a única diferença visível entre o animal novo e aquele que eu tinha destruído. O leitor há de lembrar que essa marca, apesar de grande, originalmente era muito indefinida; mas bem gradualmente — de maneira quase imperceptível, e que por longo tempo minha mente batalhou por rejeitar como irreal — ela tinha, aos poucos, assumido uma rigorosa clareza de desenho. Era agora a representação de um objeto que estremeço ao dizer o nome — e por isso eu temia e detestava acima de tudo e teria me livrado do monstro *se tivesse a coragem* — ela era agora, vou dizer, a imagem de uma coisa medonha, apavorante — de uma FORCA! — oh, lamentável e terrível máquina de Horror e de Crime, de Agonia e Morte!

E agora eu me tornara de fato mais desgraçado que a desgraça de mera Humanidade. Um *animal irracional* — cujo semelhante eu desprezivelmente destruíra — um *animal irracional* tinha produzido *em mim* — em mim, um homem feito à imagem de Deus Superior — tanta aflição intolerável! Ai! nem de dia, nem de noite eu conhecia mais a bênção do descanso! Durante o primeiro, a criatura não me deixava um momento sozinho e, durante a segunda, eu acordava de hora em hora de sonhos sobre um medo indizível de encontrar o hálito quente daquela coisa em meu rosto e seu grande peso — um pesadelo encarnado que eu não tinha a força de desfazer — pesando para sempre em meu *coração*!

Sob a pressão de tormentos como esses, os frágeis restos do bem sucumbiram dentro de mim. Maus pensamentos eram meus únicos companheiros — os mais sombrios e maldosos pensamentos. A instabilidade de meu temperamento usual se transformou numa raiva de tudo e de todos; e de meus repentinos, frequentes e inconsoláveis ataques de uma fúria a que agora me abandonava cegamente, era minha mulher, ai!, a mais frequente e paciente das vítimas.

Um dia ela me acompanhou, em alguma tarefa doméstica, até o porão do velho edifício em que nossa pobreza nos obrigava a morar. O gato me seguiu pelos íngremes degraus e, quase me derrubando de cabeça, irritou-me até a loucura. Levantando um machado e esquecendo, em minha raiva, o medo infantil que até então segurara minha mão, assestei um golpe no animal, que, evidentemente, teria sido instantaneamente fatal se tivesse saído como eu queria. Mas esse golpe foi detido pela mão de minha mulher. Levado por essa interferência a uma raiva quase demoníaca, livrei meu braço da mão dela e enterrei o machado em seu cérebro. Ela caiu morta ali mesmo, sem um gemido.

Cometido esse odioso assassinato, me lancei então, com total dedicação, à tarefa de esconder o corpo. Sabia que não podia tirá-lo da casa, de dia ou de noite, sem correr o risco de ser observado pelos vizinhos. Muitos projetos me passaram pela cabeça. Num certo momento, pensei em cortar o corpo em pedaços pequenos para serem destruídos pelo fogo. Em outro, resolvi cavar uma cova para ele no chão do porão. Também resolvi jogá-lo no poço do quintal — empacotar numa caixa, como se fosse um objeto, com os arranjos usuais, e conseguir assim que um carregador o levasse da casa. Finalmente, topei com aquilo que considerei um expediente bem melhor que qualquer um desses. Resolvi emparedá-lo no porão, da maneira como se afirma que os monges da Idade Média emparedavam suas vítimas.

Para tal propósito o porão adaptava-se bem. Suas paredes eram mal construídas e, recentemente, tinham sido por completo recobertas com um reboco grosso, que a umidade da atmosfera impedira de secar. Além disso, numa das paredes havia uma saliência produzida por uma chaminé ou lareira que fora fechada para ficar com o mesmo aspecto do resto do porão. Não tive dúvidas de que podia deslocar rapidamente os tijolos nesse ponto, colocar o corpo e emparedar tudo como antes, sem que nenhum olhar conseguisse detectar qualquer coisa suspeita.

E não me enganei nesses cálculos. Por meio de uma alavanca desloquei facilmente os tijolos e, tendo depositado o corpo cuidadosamente de encontro à parede interior, segurei-o nessa posição até poder refazer, sem grande esforço, a construção do jeito que era antes. Tendo providenciado cimento, areia e crina, com toda a precaução possível preparei um reboco que não se podia distinguir do anterior e com ele recobri escrupulosamente a nova construção de tijolos. Ao terminar, fiquei satisfeito por ver que tudo estava bem. A parede não apresentava a menor aparência de ter sido alterada. Limpei o chão com o mais minucioso cuidado e, olhando em volta, triunfante, disse para mim mesmo: Pelo menos aqui meu trabalho não foi em vão.

O próximo passo foi procurar o animal que havia sido a causa de tanta aflição, pois que resolvera, finalmente, matá-lo. Se eu o tivesse encontrado naquele momento, não haveria dúvida quanto ao seu destino; mas parece que o ardiloso animal tinha se alarmado com a violência de minha raiva anterior e procurava evitar minha raiva atual. É impossível descrever ou imaginar a profunda, bem-aventurada sensação de alívio que a ausência da detestada criatura despertava em mim. Ele não apareceu durante a noite; e assim, por uma noite ao menos, desde sua chegada, dormi profunda e tranquilamente; é, *dormi*, mesmo com o peso do assassinato em minha alma.

O segundo e o terceiro dia se passaram, mas meu torturador não apareceu. De novo eu respirava como um homem livre. O monstro, em seu terror, tinha fugido para sempre da casa! Eu não tinha mais que olhar para ele! Minha felicidade era suprema! A culpa por meu ato sombrio não me perturbava muito. Respondi prontamente às perguntas, até uma busca se fez — mas evidentemente nada foi descoberto. Eu encarava minha futura felicidade como garantida.

No quarto dia depois do assassinato, um grupo de policiais veio, muito inesperadamente, até em casa e recomeçou uma rigorosa investigação pelos cômodos. Seguro, porém, do segredo de meu esconderijo, não senti nenhum constrangimento. Os agentes pediram que os acompanhasse na busca. Não deixaram nenhum canto ou recanto sem explorar. Finalmente, pela terceira ou quarta vez, desceram até o porão. Não senti tremer nenhum músculo. Meu coração batia como o de alguém adormecido na inocência. Andei pelo porão de um extremo ao outro. Cruzando os braços sobre o peito, passeei tranquilo. A polícia estava plenamente satisfeita e se preparava para ir embora. A alegria em meu coração era tão forte que não podia ser contida. Eu ardia de vontade de dizer uma palavra que fosse, à guisa de triunfo, para ficar duplamente seguro da certeza que tinham de minha inocência.

— Senhores — disse afinal, quando o grupo subia a escada —, é um prazer para mim ter serenado suas suspeitas. Desejo a todos saúde e um pouco mais de gentileza. A propósito, meus senhores, esta é uma casa muito bem construída (no meu furioso desejo de falar com naturalidade eu mal sabia o que estava dizendo), pode-se dizer que é uma casa *excelentemente* construída. Estas paredes... já estão indo, meus senhores?... estas paredes são muito sólidas. — E então, movido pelo mero frenesi da bravata, bati a bengala que eu trazia, com toda a força, exatamente na parte da parede atrás da qual estava o corpo da esposa de meu coração.

Possa Deus me proteger e livrar das presas do Arquimaligno! Nem bem o eco das batidas tinha desaparecido no silêncio, uma voz me respondeu de dentro da tumba! — um gemido, a princípio abafado e interrompido, como os soluços de uma criança, que cresceu depois até um berro longo, agudo e contínuo, inteiramente anormal e inumano — um uivo — um guincho de lamento, meio de horror, meio de triunfo, que só poderia brotar do inferno, das gargantas dos condenados em sua agonia e dos demônios na alegria por sua danação.

De meus próprios pensamentos é loucura falar. Tonto, apoiei-me na parede oposta. Por um instante o grupo nos degraus ficou imóvel, devido ao extremo terror e respeito. No instante seguinte, uma dúzia de braços fortes atacava a parede. Ela caiu pesadamente. O corpo, já muito decomposto e coberto de sangue coagulado, lá estava de pé diante dos olhos dos espectadores. Em cima da cabeça, com a boca vermelha aberta e o olho solitário em fogo, assentava-se a odiosa criatura cujo engenho tinha me induzido ao assassinato e cuja voz me delatou e entregou ao carrasco. Eu havia emparedado o monstro na tumba!

Edgar Allan Poe

Criador de histórias extraordinárias

Eliane Robert Moraes

Vamos começar pelo final. E, já que nosso tema é Edgar Allan Poe, vamos começar pelo mistério. Em 27 de setembro de 1849, após jantar com alguns amigos em Richmond, Poe dirigiu-se ao cais da cidade. Por volta das quatro horas da madrugada, embarcou num navio para Baltimore e, ao que tudo indica, chegou a seu destino no dia seguinte. A viagem havia sido programada para ser bem rápida, pois ele estava de casamento marcado com a sra. Shelton, um antigo amor de juventude. Porém, de sua suposta chegada a Baltimore até o fatídico 7 de outubro, nada mais se pode afirmar com segurança.

Dizem alguns que ele teria seguido para a Filadélfia e de lá para Nova York, onde planejava buscar uma velha tia para assistir à cerimônia do casamento. Outros afirmam que ele permaneceu a semana inteira em Baltimore e, embriagado, caiu nas mãos de uma quadrilha de falsários, que lhe teriam oferecido algum licor com drogas para que colaborasse numa fraude eleitoral. São meras hipóteses. A única certeza é que em 3 de outubro o dr. James E. Snodgrass, velho amigo de Poe em Baltimore, recebeu uma carta assinada por um tal Walker, que dizia: "Há um cavalheiro, um tanto descomposto nas vestimentas, na rua Ward Polls, dizendo atender pelo nome Edgar A. Poe, que parece estar muito atormentado e diz ter conhecimento com o senhor, e eu asseguro que ele precisa de assistência urgente".

Frances Allan criou Edgar sem jamais tornar-se sua mãe adotiva.

A inglesa Elizabeth Poe, mãe do escritor, era uma atriz fracassada que morreu na miséria quando Edgar tinha apenas dois anos.

John Allan, marido de Frances, um homem com quem Edgar vivia se desentendendo.

Poe foi encontrado pelo amigo em estado de profundo desespero, largado numa taberna sórdida, de onde o transportaram imediatamente para um hospital. Estava inconsciente e moribundo. Ali permaneceu, delirando e chamando repetidamente por um misterioso "Reynolds", até morrer, na manhã do domingo seguinte. Era 7 de outubro de 1849, os Estados Unidos perdiam um de seus maiores escritores.

O que terá acontecido a Poe naqueles últimos dias de vida? Por onde terá perambulado? Teria sido vítima da doença que mais temia e que lhe causava tanta aflição nos outros, a loucura? Um ataque súbito? Ou motivado pela ingestão de álcool e drogas? Sabe-se que, meses antes de sua morte, ele havia voltado a beber e andava a vagar pelos becos da Filadélfia. Foi salvo da prisão e tirado das ruas por amigos fiéis, que o ajudaram a voltar para Richmond. Essa errância, contudo, não foi característica apenas desse período, mas marcou toda a sua vida. Pode-se mesmo dizer que Edgar Allan Poe foi um errante desde seu nascimento em Boston, em 19 de janeiro de 1809.

Mais ainda: essa vida instável ele herdou de seus pais. David e Elizabeth Poe se conheceram no meio teatral, onde disputavam uma chance como atores. Casaram-se em 1806 e passaram a representar juntos, mas a carreira incerta e de pouco êxito dificultava o sustento dos filhos pequenos, William e Edgar. A situação agravou-se quando David abandonou a mulher doente e grávida da filha Rosalie, que nasceria em 1810. Elizabeth não resistiu à vida miserável que levavam e, abatida por uma doença fatal, morreu no ano seguinte.

Edgar, então com dois anos, foi abrigado por um próspero negociante escocês que, embora casado, não tinha filhos. Nos primeiros anos de convivência com o sr. e a sra. John Allan — sobrenome que viria a adotar —, o menino teve um ambiente feliz e agradável. Viagens, boas escolas e carinho familiar marcaram essa convivência até aproximadamente seus quinze anos. Mas, por volta de 1824, começaram os primeiros conflitos, motivados pela constante irritabilidade do tutor. Os problemas financeiros de Allan e a saúde precária da mulher foram os pretextos para os ataques contra Edgar, sempre ressaltando a situação de caridade do menino, que nunca fora oficialmente adotado. Clima tenso e difícil para um jovem poeta que sonhava com a carreira literária.

Entre o jornalismo e a literatura

Aos dezessete anos, Edgar matriculou-se na Universidade de Virgínia, onde, em pouco tempo, ficou conhecido por suas qualidades intelectuais e seu desempenho nos esportes. Mas não só por isso: nessa época, ele também descobriu a bebida e os jogos de azar, o que rapidamente resultou numa re-

O navio fantasma, tema fascinante que Poe explorou no conto "Manuscrito encontrado numa garrafa", uma de suas histórias mais famosas.

putação duvidosa e em dívidas bem maiores do que poderia assumir. As relações com Allan se tornaram então mais tensas, obrigando Poe a deixar a universidade e a ausentar-se de casa constantemente, numa vida instável que se complicaria ainda mais com a morte da mãe de criação, em 1829. Allan morreu seis anos depois, excluindo Edgar de seu testamento.

Nada disso, contudo, parecia impedi-lo de escrever: mal completou vinte anos, publicou seu segundo livro de poemas; três anos mais tarde, ganhou o concurso de contos promovido pelo *The Saturday Visitor*, um jornal de Baltimore. "Manuscrito encontrado numa garrafa" foi seu primeiro êxito no mundo das letras, rendendo-lhe um cheque de cinquenta dólares e um emprego no *Southern Literary Messenger*, periódico literário de Richmond. Ali trabalhou escrevendo todo tipo de texto, de poemas a resenhas de livros, de contos a notícias do mundo literário.

Em 1837, quando decidiu abandonar o emprego, a circulação do jornal aumentara de setecentos para três mil e quinhentos exemplares, fazendo do *Messenger* o periódico mais influente do Sul. Esse desempenho notável iria repetir-se nos outros jornais onde trabalharia: tendo assumido a editoria do *Graham's Magazine* da Filadélfia em 1840, em pouco mais de um ano as assinaturas saltaram de cinco mil para quarenta mil! Apesar disso, Poe fracassou nas tentativas de montar e editar um jornal próprio. Um sonho que acalentou durante toda a vida, sendo, em parte, responsável por suas inúmeras mudanças de emprego e endereço.

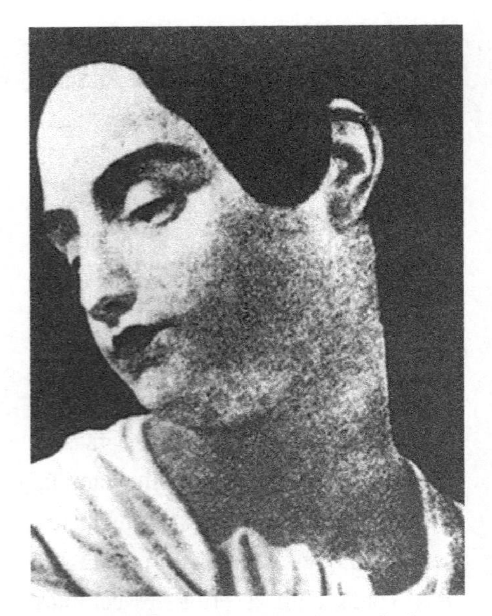

Virgínia Clemm se casou com Poe quando ele tinha vinte e seis anos e ela, treze.

É verdade que a saúde frágil de sua mulher também contribuiu para essa inconstância. Edgar casou-se com a prima Virgínia Clemm em 1835. A menina, então com apenas treze anos, passou a acompanhá-lo pelas andanças à procura de melhores oportunidades, até que os primeiros sinais de tuberculose se manifestaram. Daí para a frente, a saúde de Virgínia piorou na mesma proporção que as dificuldades financeiras do casal, e a frequência das hemorragias veio a exigir constantes mudanças da cidade para o campo. Faltavam recursos de todo o tipo para que ela pudesse tratar-se. O rigor do inverno, aliado à miséria da família, levou a sra. Poe à morte em 1847, deixando o marido desconsolado.

Suspense, terror e aventura

Certos fatos da vida de Poe, assim como seu misterioso fim, parecem estabelecer um estranho nexo com sua obra. A morte, o medo e a dor sempre foram seus temas prediletos. Suas principais personagens são solitárias, sensíveis, tristonhas e até beiram a loucura. Os cenários são os mais sombrios: cemitérios, subterrâneos, torres inacessíveis e navios fantasmas. Seus contos parecem concentrar uma força irracional e maligna à qual todo ser humano está condenado, como se o terror estivesse não só nos ambientes sinistros, mas dentro de cada um de nós.

Aficionado por esses temas, aos trinta anos já tinha publicado três livros de poemas, uma coletânea de vinte e cinco contos (entre eles obras-primas do terror como "A queda da Casa de Usher" e "Ligeia") e o romance de aventuras *A narrativa de Arthur Gordon Pym*. Foi nesse período que ele começou a se dedicar às histórias de raciocínio e dedução, escrevendo o famoso conto "Os crimes da rua Morgue" e outras narrativas policiais. Estava fundada a moderna "novela de detetive".

Algumas dessas histórias têm como personagem principal o francês Auguste Dupin, um nobre falido e excêntrico cuja única diversão na vida é passar noites e

Ilustração para uma antiga edição francesa de "O escaravelho de ouro". Traduzidas pelo poeta Baudelaire, as histórias de Poe tornaram-se até mais populares na França que nos Estados Unidos.

A primeira versão de uma história de Poe para o cinema foi feita já em 1911. Depois disso, as adaptações se multiplicaram — embora nem sempre fiéis. Aqui, o astro do terror Vincent Price em dois desses filmes.

noites elucubrando sobre assassinatos misteriosos. Graças a complicadíssimos raciocínios, ele consegue desvendar "crimes perfeitos", considerados insolúveis pelo chefe de polícia.

Tudo o que era misterioso atraía Edgar Allan Poe. Solucionar mistérios era, para ele, uma obsessão. Quando trabalhava no *Graham's Magazine*, costumava desafiar os leitores a lhe enviarem criptogramas (mensagens cifradas), que, por mais difíceis que fossem, jamais ficavam sem resolução. Nessa época, ele publicou "O escaravelho de ouro", história de mistério que gira em torno de um desses enigmas. O conto rendeu-lhe um prêmio de cem dólares e uma circulação de trezentos mil exemplares.

A partir daí, consolidou-se a fama de Poe como escritor de contos policiais e histórias arrepiantes. Alguns anos mais tarde, ele viria a ser reconhecido também como grande poeta: em 1845, a publicação do poema "O corvo" provocou furor no meio literário americano. Esse sucesso ecoou na Europa, encantando os franceses e merecendo especial atenção de Baudelaire. O poeta francês não poupou elogios ao americano: "Nenhum homem soube narrar com mais magia as exceções da vida humana e da própria natureza".

Contudo, a fama em nada facilitou a vida de Poe. Do ponto de vista financeiro, a literatura era péssimo negócio. Direitos autorais baixíssimos e ainda calculados sobre o preço desprezível dos livros. O escritor viveu sempre em condições muito precárias; com a morte de Virgínia, parece que tudo se tornou ainda mais difícil. Sofreu um colapso físico e mental, passando a recorrer mais à bebida e, com certa frequência, ao ópio. Meses após a publicação de seu décimo e último livro, *Eureka*, Poe chegou mesmo a tentar suicídio, ingerindo grande quantidade de láudano. Se o envenenamento não o matou, teve consequências tristes, como um ataque de paralisia facial.

Segue-se a esses episódios uma fase extremamente atormentada, complicada por fracassos amorosos e profissionais. Quando enfim parecia ter encontrado um pouco de paz, ao voltar para Richmond e reatar com Sarah Shelton, acontecimentos nebulosos vieram desviá-lo do caminho. O resto da história já sabemos. Aos quarenta anos, morre Edgar Allan Poe, deixando-nos dezenas de histórias fantásticas e um único mistério sem solução.